異世界で生き抜くためのブラッドスキル
KEI KAGARI
火狩けい
[illust.]上埜

阿夜
「お願い……もう、やめて。お願いだから……」
アキラ

「あんたみたいな奴と組んでくれるの、あたしらくらいなんだから、
もっと仲間、大事にしよ？
他のメンバー探すとか言うのはいいけどさぁ。
『死神』のお前に背中預けてくれる奴なんか、いねえんだから」
タリサ

「や、八尾谷……？」

「おうよ」

「アキラくん大丈夫っ!?」

ミユキチもやってくる。

「なん、で……二人とも……」

「それはこっちのセリフや。なんや音がする思って来てみれば……なにしとんねんお前は。ほんでこいつらは、なんやねん。おいこらなに見とんねん、シバくぞおら」

「なんなの、こいつら……」

八尾谷
ミユキ

考えろ。
雑魚のアキラでも勝てる方法を考えるのだ。
男の武器は大剣だけで、予備の武器は持っていない。
それでいて軽装だ。任務後に着替えたのか、鎧は着ていない。
だから攻撃が当たりさえすれば勝機はある。
短剣は残り三本。手に二本、ベルトに一本だけ残っている。
持久戦になれば、間違いなくアキラは負ける。
なら短期決戦しかない。
足音を消し、闇に紛れ、地面を這うように、
全速力で男に突っ込んだ。

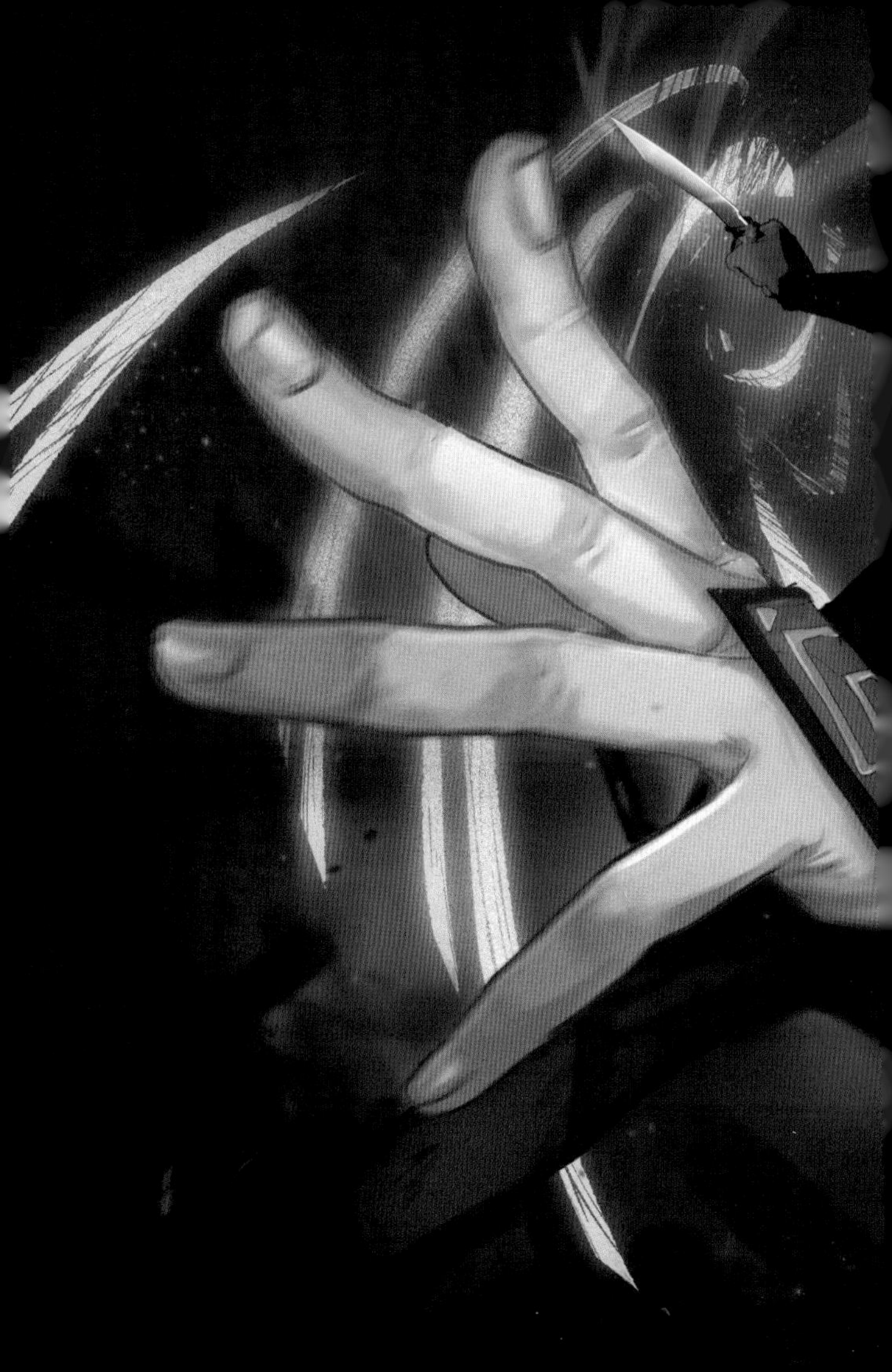

CONTENTS

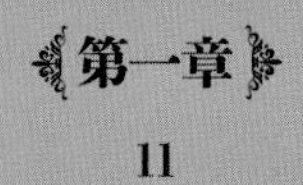

異世界で生き抜くための
ブラッドスキル

火狩けい

講談社ラノベ文庫

口絵・本文イラスト：上埜
デザイン：寺田鷹樹

第一章

目を覚ますと、暗い路地にいた。

細く狭い道が、どこまでも続いている。

空には星が瞬いていた。静かだ。何も聞こえない。

ここは、一体……。

「……くそっ、なんやねん」

背後で声がして、アキラは驚いて後ろを振り向いた。

すると暗がりの中で、ジャージを着た長身の男が、むくりと起き上がる。

「八尾谷(やおたに)……？」

「……」八尾谷はアキラを一瞥(いちべつ)したが、返事をしなかった。まあ、そんなものか。八尾谷とは同じクラスだけど、ほとんど話をしたことがない。

「気味悪いな。なんやここ」八尾谷が頭を振りながら辺りを見回す。

アキラも辺りを見回してみる。石の壁は背が高く、何の景色も見えない。壁の上の方に松明(たいまつ)か何かを備え付ける器具があったが、いまは使われていないのか炎は消えていた。

突然、じり、という音がして、アキラと八尾谷は体を硬直させた。

壁だ。壁に寄り添うようにして、誰かが座っている。

闇に目が慣れてくるとそれが女の子であることがわかった。

「もしかして、委員長？」

「う、うん」女子生徒はこくりと頷いた。

クラス委員長の佐倉ミユキだ。間違いない。

「他に誰かおるか！」八尾谷が鋭く叫んだ。だが返事一つ聞こえなかった。

「誰も……いないよ」ミユキが、か細い声で答えた。「私、少し前に起きて……そしたらアキラくんと八尾谷くんが気絶してて、揺らしたんだけど、起きなくて……真っ暗だし、私どうしたらいいかわからなくて、あと荷物もなくて」

「荷物……」アキラはポケットの中をまさぐった。本当だ。何もない。カバンも消えている。八尾谷も同じらしい。苛立った八尾谷が石壁を思い切り蹴飛ばした。それを見たミユキが怯えるように肩を震わせる。

ミユキは、神経質そうな表情でしきりに長い黒髪をいじったり、水色のワンピースの裾を摑んだりしている。だいぶ動揺しているようだ。

アキラは壁に近づいてみた。かなり老朽化している。触ると壁がぼろぼろと崩れた。石畳も古そうだし、どことなく廃墟っぽい感じがして気味が悪かった。

「飛行機に……」ミユキが震える声で言った。「乗ってたよね、私たち……」

そう、アキラたちは修学旅行で飛行機に乗っていた。

なのに、どうしてこんな路地にいるのか。

　それに一緒に乗っていた他の生徒たちも、見当たらない。

「委員長は――」

　そう呼びかけたら、ミユキが弱々しく笑った。

「委員長じゃなくていいよ。もう学校じゃないんだし」

「そ、そっか」頷きつつ、アキラは戸惑ってしまった。じゃあ、なんて呼べばいいのだろう。ミユキ？　というのは距離が近い気がするし、やっぱり名字か。

「ミユキチ、とか？　皆、そう呼んでるし」

「ああ、そっか」

　そんなやりとりをしていたら、壁に寄り掛かっていた八尾谷が、急に歩き出した。

「どこ、いくの……？」ミユキチが戸惑いがちに訊ねる。

「別に、ここにいる意味もないやろ」

「まって、動くのは危険よ……それよりも、誰か助けに来るのを待った方が――」

「ならそうしろや。いちいちお前らに合わせる理由もない」

「で、でもこういうときは集団行動が――」

　八尾谷が鼻で笑った。

「……こんなときまで委員長面か」

「そんな、私は別に――」

「やめろよ。……言い争ってる場合じゃないだろ」

アキラが口を挟んだら、八尾谷が睨みつけてきた。

ミユキチは蒼白な顔で俯いている。

「オレ、行くわ……」八尾谷が一人で歩き出す。

「まって、和を乱さないで……」

「仲良しごっこがしたいなら二人でやれ。それに――」

八尾谷が道の先を指差す。

「明かりがある」

気づかなかった。本当だ。闇に目が慣れてきたおかげで、漸く、というほどのレベルだが、道の先がうっすらと明るくなっていた。

「見ての通り、出口はある。ならここを出て、助けを求めた方が早い」

「それは、そうだけど……」ミユキチが不安そうに八尾谷を見た。

八尾谷は頭を掻きながらため息をついた。「ほなら、とりあえず三人で行ってみようや。もしあかんかったら、ここに戻ってきたらええわけやし」

たしかにその通りだ。アキラは静かに頷く。ミユキチも怖々と首肯した。

路地の出口には木柵が掛かっていた。それを八尾谷が乱暴にこじ開ける。

だが、通りに出ても人の気配はない。

石造建築が立ち並ぶ街の風景があるだけで、辺りは静まり返っていた。

「誰も、いないね」閑散とした石畳の道を眺めながら、ミユキチが呟いた。

「……そうやな」流石の八尾谷も少し戸惑い気味だ。

「とりあえず、進もうかね……」そう言ってアキラが足を踏み出そうとした瞬間、遠くの方で、カシャン、という金属音が鳴った。

「な、なんや……」

「わ、わかんない」ミユキチはアキラのTシャツを掴みながら、辺りを見回した。

もう一度、カシャン、という音が鳴る。

三人は息を潜め、音のする方角へと視線を向けた。

すると目の前を何者かが、ゆっくりと通り過ぎていった。

そいつは錆びた鎧を纏っていた。だがその姿は異様だ。かつては美しかったであろう装備は傷つき変色し、辛うじて残った金色の装飾だけが、闇の中で不気味に輝いている。顔は仮面のような物をつけていて、まったく見ることができない。

鎧の住人は、そのままアキラたちには目もくれず、立ち去っていった。

「なんや、いまの……」八尾谷が呆然と呟いた。

ミユキチは絶句したままで、反応がない。

アキラは震える手で額の汗を拭った。

やつは腰に剣を帯びていた。その剣の柄が、何かの体液で濡れていた。

何を斬ったのか。想像できないし、したくもない。とにかく敵意がなくてよかった。

もし襲われていたら、確実に斬り殺されていただろう。

しばし立ち尽くしていたが、それが安全に繋がるとは思えなかった。進む方向はわからないが、とにかく移動をしようということになり、三人は歩行を再開する。

しばらく適当に歩いていたら、今度は開けた通りに出た。

そこは人の往来もあって、まずまず賑わっていた。

ただ行き交う人は全員、様々な形状の凶器を携帯していた。

そして体に装着された、重々しい防具。

それらは鉄製や革製であったりと人によって様々だが、どれも傷付き使い込まれた形跡があった。飾りではなく実際に使っているということか。自衛のためだけなら、あそこまでボロボロにはならないはずだ。なら一体、何と戦っているのか。

松明とランタンが照らす仄暗い視界の中で、無数に蠢く人影。

装備が重なり合う金属音。

やばい。やばいなんてもんじゃない。なんだよここ。

アキラたちは走ってもう一度、路地の方に戻ることにした。今度は逆側を歩いてみる。

だが同じだった。別の通りに出るだけで、元の世界に戻れるような繋ぎ目や、通路はない。細い道を何ヵ所も通り抜けたが、変わらなかった。

焦って、パニックになりそうだった。

それでも何とか歩き続け、アキラたちは、たぶん一時間以上、街を彷徨ったと思う。時計がないので時間の経過は曖昧だが、そのくらいの疲労感はあった。汗だくで、喉が渇いていた。だが水道や井戸の類いは見つけられなかった。

それでもわかってきたことがある。

まずこの街はすべて灰白色の石で作られている。木造建築は見当たらない。なので雰囲気は、街というよりも遺跡に近い。そこに沢山の人が住み着き、結果として街になった。そんな感じではないだろうか。

岩山を削り開拓したのか、坂道や階段も多かった。街は山のだいぶ上の方まで続いているようだ。下へ行くほど明かりが多くなり、上へ行くほど閑散としている。

そのまま坂道を歩いていたら、ミユキチがよろめいて石畳の上に座り込んでしまった。

「だ、大丈夫……⁉」

「ちょっと、気分が……」

思えば一度も休憩を取っていない。小柄なミユキチには、少しきつかったのかもしれない。こうなる前に気付くべきだった。

「……八尾谷、ちょっと休もう！」

先頭を行く八尾谷に声を掛ける。八尾谷はミユキチの状態を見ると舌打ちして、近くの石段に腰を下ろした。

道を逸れたところに広場というか、石畳の空き地があった。

アキラたちは一度そこで休むことにした。

　遅い時間なのか、広場も閑散としている。

　店の明かりもなく、松明が数本、燃えているだけの陰鬱とした空間だった。

「ごめんね。私のせいで……」ミユキチが気落ちした声で謝る。

「や、そんなことは……」アキラは何か言おうとしたが、言葉が見つからなかった。

「……どうすんねん。これから」少し離れた場所で、八尾谷が言った。

「どうって……俺に聞かれても……」

　そのままアキラは膝を抱え、俯いてしまった。

　急にこんなところに連れてこられて、どうすればいい。

　わからない。わかるわけがない。無理だろ。普通に考えて。現実的じゃない。

　突然、ごーん、と重苦しい鐘の音が鳴った。

「な、なにっ⁉」ミユキチが驚いた声を出す。

「なん、だろ……」アキラは怖々と辺りを見回した。だがいつまで経っても、何かが起こる気配はない。おそらくは時間を告げる音なのではないか、という結論になった。

「家に、帰りたい……」ミユキチが膝に顔を埋めたまま、そう漏らした。

「それは、無理やろ」八尾谷が即答した。

「どうして、そういうこと言うの……？」ミユキチが涙を拭いながら八尾谷を見た。「本当に帰れなかったら、大変なことになるんだよ？　簡単に言わないでよ」

「まあ、でも現実的に考えて、やな……」

「八尾谷くんは、帰れなくて嫌じゃないの？　もし本当にそうなったら、どうするの？」

「そしたら、ここで生活していくしかないやろ。適当に仕事なり見つけて」

「そんなの……私には無理……」

そのままミユキチは塞ぎ込んでしまった。

八尾谷が薄闇の中で「くく」と肩を震わせた。強がり、というよりは、途方に暮れて嗤いが漏れたという感じか。彼もそのまま俯き、何も話さなくなった。

アキラは絶望的な面持ちで、夜空を見上げた。

望みを捨てるつもりはないが、たぶんここはアキラがいた世界とは違う。そうなると帰還は容易ではないだろう。方法を探すにしても、見つかるまでの期間はここで生きて行くしかない。でも、この三人でやっていけるのだろうか。

アキラとミユキチは、まだ教室でもそこそこ話すし、仲も悪くない。ただ八尾谷は別だ。同じクラスではあるが、接点はない。八尾谷は不良っぽい生徒たちと連んでいたし、クラスでも浮いていた。だからアキラもミユキチも必要以上に関わろうとはしてこなかった。

「……腹、減ったな」沈黙を嫌ってか、八尾谷がまた口を開いた。

「でも、金ないし」消え入りそうな声でアキラは答えた。

「財布なくなっちゃったもんね」ミユキチが力なく笑った。「あ、でも通貨も違うのかな。なら持ってても意味ないか」

「そもそも言葉とか通じるんか、こいつら」

　八尾谷が遠くを歩く人間を指差した。

たしかにそうだ。もし言語の壁があるなら、複雑な意思疎通など不可能だ。そうなると助けを求める以前の問題になる。

「アホくさ。やってられっか」八尾谷は完全にやる気を失い、石畳の上に寝転んだ。

ミユキチは膝を抱えたまま、だんまりを決め込んでいる。完全に自分の殻に閉じこもってしまっている。でも、ずっとこのままってわけにもいかないだろ。

　現状として、アキラたちは文無しで、水も食料もない。

これは早急に解決すべき問題だ。ただ時刻はもう夜である。だんだんと通行人の数も減ってきている。行動するなら早いほうがいい。少なくとも、こんなところでふて腐れている余裕はない。

「協力、しないとさ……」アキラが呟く。「八尾谷も、前の世界ではそこまで仲良かったわけじゃないけど、いまはそれどころじゃないだろ……とりあえず生き抜くためにも、色々話し合わないと……ミユキチも……」

　少し間があったが、八尾谷も危機感があったのだろう。

「……言われんでも、わかっとるがな」そう言って僅かにだが頷いてくれた。

「私も、なんかごめん」ミユキチも申し訳なさそうに肩をすくめる。

　それが契機となったわけでもなく、ただ何となく通りの向こうを眺めていたら、前方の建物から明かりが漏れているのを見つけた。アキラはそれを二人に伝える。

「看板……お店、かな」ミユキチが目を細めた。

「することもないしな」よっこらせ、と八尾谷が立ち上がった。「行ってみようや」

†

近づいてみると、たしかに店っぽい。古めかしい石造りの建物で、壁には窓ガラスがはめ込まれている。そこから店内を覗くと、赤い液体の入った小瓶が、びっしりと棚に並んでいるのが見えた。その数は、数十、いや、数百か。相当な数だ。

「入って、みる……？」

試しにアキラはそう言ってみたが、後ろの二人は無言だ。

なんだかね。まあ、気乗りはしない。でも、他にやれることもないわけだし、せめてリアクションくらいはね、してほしい。それに店に入れば、何かしら情報も得られるかもしれないし。得られるのかな……。

うだうだ言っても始まらない。アキラは決心し、木の扉を開けた。瞬間、消毒液のような匂いが鼻腔を突いて、盛大に咽せた。濃い、薬剤の匂いが充満している。なんだここ。

「なんの、店よこれ……なんで、こんな変な匂い――」ミユキチが、うっ、と口元を押さえ、嘔吐いた。八尾谷は匂いを嫌ってか、中に入ってこようとすらしない。

店の奥には、老人が座っていた。この店の主だろうか。

アキラは意を決して話しかけてみることにした。通行人と違い、武器も持っていない。声をかける相手としては、危険度は低い気がする。

「あの、すみません……」

「……なんだね」

な、なんということでしょう。

「おおお⁉」八尾谷がざざざ、と駆け寄ってきた。「言葉、通じるやんけ……ッ！」

だが、老人は煙たそうな表情を浮かべ、

「売血か？」

「ばいけつ……？」アキラは思わず聞き返してしまった。

「血を売るのか、と聞いてる」

瞬間、棚の赤い瓶が視界に入り、アキラは言い知れぬ恐怖を感じた。

「なんで」ミユキチが非難するような視線を老人に向けた。「血が売れるんですか……」

「飲む奴がいるからだ」

「だ、誰が、飲むん、ですか……？」ミユキチは、殆ど泣きそうな声で訊ねた。

「吸血鬼に決まってるだろう」

「ひうっ……」ミユキチは変な声を出して後ずさった。

アキラも恐怖で口がきけなくなった。そんな中、八尾谷だけが「人を襲わんと、血を買いにくるなんて、マナーがなっとるやん」と彼らを褒め称えた。なんだよそれ。

でもそうか。血を買うってことは、人を襲わないってことでもあるのか。本当に？

だが、それを訊ねても老人は答えてはくれなかった。というか無視された。答える気がないのか。性格的な問題なのか。答えたくない何かがあるのか。

むしろ老人は苛立たしげに、

「血を売らないなら出て行け」

あまり愛想の良いタイプではないらしい。ここはとりあえず、一度、外に出た方が良さそうだ。なんだか危ない気もする。

なのに八尾谷がなぜか前進した。

「血を売れば、金がもらえるんか」

「さほど多くはないがな」

「なら売ったるわ」

「正気……？」ミユキチが信じられないという顔をした。

「だって金は必要やろ」

「そうだけど、や、でも……」アキラもだいぶ気が引けていた。

そのアキラの腕を、唐突に老人が摑んだ。

「いっ……⁉」

アキラは驚いて、その手を振りほどいた。

「なに手ぇ引っ込めとんねん。はよやれや」

「う、嘘だろ……？」

「三人売れば、貰える金額も三倍や。稼ごうや。皆でやれば怖くない」

ぞっとする文言を聞いて、アキラは表情を引きつらせた。

「頭おかしい……」ミユキチが、小声でそう零した。

だが八尾谷はやる気のようだ。

そしてアキラは半ば強制的に先陣を切らされた。

老人が、医療器具らしき謎の物体をカウンターに置く。器具は青く光る謎の液体に浸されており、暗い店内でそれは、無気味に発光していた。

老人がアキラの腕を固定した。説明もなく始める気なのか。

消毒は、しないのか。流石にそれは衛生的に不味いのでは。

「動くな。針がズレる」

器具のトリガーが引かれ、針がにょきにょき、と顔を出す。思ったよりも長い。それを刺すのか。想像したらぞっとして手が震えた。それに思ったより痛そう……。

針が皮膚に沈み込む。アキラは固く目を瞑った。

じゅ、じゅ、という音がして血が抜かれていく。感触的には吸われていくような感じだ。

嫌な音だ。気持ち悪い。痛みは、そうでもない気がする。でも時間は長かった。

針が抜かれる。同時に腰も抜けた。体に力が入らない。汗で全身がびしょびしょだ。

「い、痛かった？」ミユキチが恐る恐る訊ねてきた。

「や、どうだろ……緊張しすぎてて……」

ミユキチは恐怖からか、半泣きの棒立ちになっている。

「はよ行けや」そんなミユキチを八尾谷が容赦なく押した。それはさすがにクズ過ぎる。というか、なんでお前は最後なんだよ。

そしてミユキチの悲鳴と八尾谷のうめき声が店内に鳴り響き、売血は完了した。

店主が慣れた手つきで、血液を小瓶に入れる。

すると奥から白いローブを着た女が出てきて、その瓶に向かって何かを唱えた。瞬間、瓶が青い光に包まれ、アキラたちは「おおおっ⁉」と声を上げる。

「なにこれ、魔法？」ミユキチが目を輝かせて言うと、白衣の女性が微笑を浮かべながら「鮮度凍結の魔法を施しました」と答えた。

どうやら長時間、血を清潔なまま保存するための処置らしい。

器具を浸している青い液体は聖水で、これで穢れなどを取り除くのだと言う。滅菌処理ってことなのか。情報量が多すぎて頭がパンクしそうだ。

自分の血の入った瓶が棚に並べられる。するとミユキチが複雑な笑みを浮かべた。

「これ、私の血を、誰かが飲むってことだよね……」

「ほな、あの瓶は当たりやな。どうせ飲むなら、若い女の血の方がええやろ。知らんけど」

全部終わると老人が、茶色っぽい硬貨をカウンターに並べ出した。

「売価は、一人、五ローネだ」

「ごろーね？」

「銅貨、五枚という意味だ」

「え、ああ……」

どうやらローネは、この世界の通貨のようだ。

老人は銅貨を巾着袋に入れる。

袋が三つ並べられると、八尾谷がふんだくる形でそれを摑んだ。

「金や……ほんまに金や……うほっ」

「なにそのリアクション……」ミユキチが軽蔑の眼差しを向けた。

「あ？　おっぱいに平手打ちかますぞ」

「さ、最低……ッ！」ミユキチは胸を両手で隠した。

それでも金の力というのは偉大で、先ほどまで抱いていた絶望感は、いくらか薄らいでいた。金は心の安定剤、とまではいかないものの、文無しではなくなったという心強さのようなものがアキラたちの中で芽生えつつあった。

だが売血行為という背徳的な方法で得た金は、文字通り、身を削って手に入れた感じがして、おいそれと散財する気にはなれない。それに銅貨というくらいだから、おそらくたいした価値もないだろう。使えば一瞬で底を突きそうだ。

同じことを考えていたのか、横にいたミユキチが巾着袋を振った。

「これって、どれくらいの金額なんだろ？」

「そら、五ローネやろ。三人合わせたら、一五ローネや」

「いや、そういう意味じゃないだろ」アキラは呆れながら指摘し、袋を振ってみる。

これで、何ができるのだろうか。

瞬間、アキラは突発的な空腹感に襲われた。

「み、店に入って……」アキラは居ても立ってもいられなくなって二人に声を掛ける。

「何が買えるか、確認してみよう」

†

一五ローネは大きめのパンが三つと、豆のスープ三杯に化けた。

本当はもっと旨い物を食べたかったのだが、夜も遅く、殆どの店が閉まっていた。開いているのは酒場だけで、他に選択肢はなかった。

スープは塩気がきつく、具も豆以外ろくなのが入っていない。パンも素っ気ない味で、でも嫌いじゃなかった。というか結構、旨い？　腹が減っているからか。

そう言ったらミユキチに「ええー」と若干引かれた。

「お、美味しい、かな？　不味くは……ないと思うけど……」

「いや不味いでこれ。クソ不味い。アキラお前、舌馬鹿やろ」

「ええっ、マジで？　そこまで不味いかなこれ……」

「不味いわ。諦めろや」

「そこまで言う？　普通にへこむんだけど」

「でもまあ、テーブルと椅子があるだけマシやな」八尾谷は陶器製のコップに入った水をごくごく飲んだ。「飯より水の方が旨いとか、ほんま終わっとるわ」

どんだけ貶すんだよ。でも八尾谷はペロリと自分の分を平らげていた。ミユキチもパンをスープに浸したりして、幸せそうに食事をしている。

胃に何かを入れたことで安心したのか、二人とも機嫌が良さそうだ。

「お疲れ」アキラは水の入った陶器のコップを上げる。「水だけどね」

八尾谷も珍しく柔和な笑みを浮かべた。

「ま、細かいことはええやろ。お疲れさん」

「お疲れさま」ミユキチも微笑んでコップを打ち付けた。

すると自然と笑みが零れてきて、だんだん笑いが止まらなくなってきた。

本当、なにをやってるんだろう。

いきなり知らない世界に連れて来られて、酒場に入るまでは無我夢中で考える余裕もなかったけど、こんなの絶対おかしいって。

でも何となく、もう元の世界には戻れない気がした。

たぶん八尾谷とミユキチも、そう思っているのではないだろうか。アキラたちは、これから三人で生きて行くしかない。そんな気がした。

食事をしたことで、充足感は得られた。

だが依然として状況は逼迫したままだ。何とかここまでたどり着けはしたものの、先の展望が何一つ見えない。むしろ明日からどうするの？　という絶望感しかない。まあ、何もなければ、また同じように血を売るだけだが。ただ売血で得られるお金は一食分にしかならない。やればやるほど衰弱するだろうし、長くは続かない。そうなる前に別の方法を見つけないと。でないと死ぬ。死ぬのか。まさかそんなに追い詰められているとは……。

「この後はどうする？」ミユキチが眠そうな表情で訊ねる。「夜だから寝る場所とか決めないと」

「ああ、そっか」アキラは目を擦りながら相づちを打った。「でも野宿くらいしか……金はぜんぶ使っちゃったし」

しかし日に何度も血を抜くのは危険だ。

そもそも一五ローネで泊まれる宿など存在するのか。可能性は限りなく低そうだ。

「やっぱり野宿かあ……」ミユキチがうな垂れてテーブルに俯した。

「治安的に、俺も気は進まないけどね」

「私、地面で寝るのは……ちょっと抵抗あるかな。お風呂に入れる予定もないし、なるべく体は汚したくないっていうか。服、これしかないでしょ？」

「アホやろ、おまえら」

アキラとミユキチは、同時に八尾谷を見た。

「……なんでアホなんだよ」

むっとして言い返したら、八尾谷にまた「アホなん」という顔をされた。

八尾谷が店のテーブルを叩いた。「ここでええやろが」

「え？」

「ここで朝まで粘るに決まっとるやろが。何のために遅くまでやってる店選んだと思ってんねん」

「あ、そっか……」アキラはちょっと八尾谷のことを見直した。

「……空になったし水もらってくるわ」

八尾谷が全員分のコップを持って席を立つ。

意外とこういう気配りはできるんだよな。変な奴だけど、憎めない所がある。

アキラは店内を見渡した。夜も深いからか、客入りはまばらだ。その殆どは酒を飲むだけで、食事を取っていない。そういう意味でもアキラたちは浮いていた。服装のこともあるだろうが、視線も気になるし居心地はあまりよくない。

アキラはテーブルに寝そべりながらカウンターで酒を飲む一団を見ていた。大剣や杖を壁に立てかけ、兜をテーブルに置いて何か話をしている。彼らは何者なのだろう。立ち上がって声を掛ける気力もなく、アキラはただぼんやりとその光景を眺めていた。

するとカウンターで酒を飲んでいた一人が急にこっちを見た。金髪をポニーテールにした女だ。年は二〇代後半くらいだろうか。目は綺麗な緑色で、服は白と緑を基調としたふんわりとしたドレスを着ている。街の人間たちと比べるとだいぶ豪奢で、しかし背中に巨大な斧を背負っていた。

彼女は、じぃっと目を細め、アキラたちの方を見ている。なんだろう。今度は隣にいる男と何か話し始めた。

水を取りに行っていた八尾谷が戻ってきて「知り合いか？」と訊ねた。

「なわけないだろ」

「でもこっち見てるよ……」

ミユキチも女の視線に気づき、怯えるように体を縮こまらせた。

女が立ち上がり、こっちのテーブルに近づいてくる。

そして白い手袋を嵌めた手で、アキラたちを指差した。

「あなたたち、この世界の人間じゃないでしょ」

驚いて声を出せずにいると、あろうことか女はアキラたちの席に腰を下ろそうとした。

「お、おい」押し出されそうになった八尾谷が思わず声を上げる。

「いいから、どきなさい」

ものすごい力で押され、八尾谷は隅の椅子に追いやられてしまった。

そして女は、アキラとミユキチの向かいの席にどすんと腰掛ける。

「私は、リヴ・オヴァンコール。戦斧ヴァリスの上級血族をしているわ」

瞬間、アキラの顔が引きつった。微笑んだ彼女の口から牙が見えたのだ。

リヴは笑って口端を上げる。

「お察しの通り、吸血鬼よ」

†

酒場の中は、壁も天井も床も全て岩で出来ている。これは洞窟住居(サッシ)と呼ばれる建築様式らしい。そして店の明かりは、岩の窪(くぼ)みに蠟燭(ろうそく)などが置かれてるだけなので仄暗い。

「……で、吸血鬼がオレらに何の用やねん」

八尾谷はリヴを警戒しているのか、先ほどから随分と好戦的だ。ただ、八尾谷はリヴの隣に座っているので、その態度はだいぶ危ないというか。とはいっても相手は女の子だし大丈夫、なのか。どうだろう。微妙なところだ。

「そんなに警戒しなくていいわよ。私たちは人を襲ったりはしないから。じゃあ、なんでいるかって？　ただの老婆心よ。それより、色々と聞きたいこととかあるんじゃない？　ちょうど暇だったし、教えてあげるわよ」

なるほど、とはならなかった。

むしろ急に言われて、戸惑う気持ちの方が大きい。

「あ、あの……」そんな中、果敢にもミユキチが手を上げた。

「なにかしら？」

「元の世界に帰る方法を、知りませんか……」

「……帰る？」リヴは首をかしげた。「もう死んでるのに？」

「え、死んで……？」ミユキチの表情が凍った。

「ないやろ」八尾谷が即座に笑い飛ばした。「身体(からだ)だってある。これのどこが死んどんね。つくならもっとマシな嘘つけや」

「嘘じゃないわ」リヴは真顔で答えた。「あなたたち、最後の記憶はどこで途切れてる？」

「最後の、記憶……」

考えた瞬間、なぜか背中から嫌な汗が噴き出した。

思い出せるけど、思い出したくない。そんな感情がアキラの中で渦巻く。

「覚えてるはずよ。ほら、思い出してみて」

修学旅行へ行こうとした所までは覚えている。だがその先が微妙だ。たしか飛行機に乗ったんだっけ。それから、それから、それから――……

隣にいるミユキチが震え出した。

八尾谷も何か思い出したのか、蒼白な表情でコップを見つめている。

ああ、そうか。

思い出した。

飛行機のエンジンが急に火を噴いて、辺りが暗くなったんだ。

そして大きな衝撃が全身を貫き――そこから先の記憶がない。

たぶん、存在しないのだ。

リヴは何かを察したように微笑んで「だからたぶん、帰るのは無理ね」と言った。

「ま、実際に死んだかどうかはわかんないんだけどね。死ぬ寸前にこっちに来たのかもしれないし。そうでないのかもしれない。本当の所は、謎よ。ただ共通点として、外から来た人間はみんな、死ぬ寸前で記憶が途切れている」

リヴは一呼吸置いて、

「だからここは、死者が来る場所って言われている」

実感はなかった。なのにすんなりと納得できてしまう。それが悲しかった。

戻れるかもしれない。

そう思うことで、何とか心のバランスを取ってやってきたのだ。

でも、それは無理だった。アキラたちは、とっくに死んでいた。

だからもう、元の世界には戻れない。

「――これからあなたたちは、この世界で生きていくことになる」

リヴは話を続ける。

「ただ、その前に色々とやっておかなくちゃいけないことがあるの」

なんだろう。アキラは憔悴（しょうすい）しきった表情で、リヴを見た。

「こっちの世界もね、色々と込み入ってるのよ」

そう言って、リヴは咳払いをした。

「一応、知っているとは思うけど、ここは吸血鬼と人間が共存する世界よ。そしてこの世界での吸血鬼は『人を守る存在』として認知されている。それは覚えておいて」

「守るって、何から……」ミユキチが口を挟んだ。

「魔物からね。人を守る。それが吸血鬼の仕事。もちろんタダではないわ。見返りとして、人間には血を提供してもらってる。あなたたちも血を売ってお金を手に入れたなら、その仕組みを見てるはずよ」

売血所のことを言っているのだろう。なるほどあれはそういう場所だったのか。

もちろん、全ての街がこうなっているわけではないという。人間だけの都市もあるし、その逆もある。だが、いまアキラたちがいる『オスタル』という街は、人と吸血鬼が共存している場所だとリヴは教えてくれた。

「ま、人と吸血鬼の関係はそのくらいにしておいて、あなたたちの話をしないと。たぶん、そんなに時間も残ってないと思うし」

「時間……?」

「そうよ。だってあなたたち、このままだと、もうすぐ死ぬし」

三人は絶句してリヴを見た。

「私の見立てだと、あと一日、長くて二日かしらね」

「なっ、なんだよそれっ」アキラは動揺して声を荒らげた。だってそうだろ。一度死んで？　またこの世界でも死ぬのか？　それは流石に意味がわからないって。

「どうせお前らに殺されるとか、そんなオチなんちゃうか」八尾谷が立ち上がった。「やれるもんならやってみろや。その前にオレが――」

　瞬間、リヴがものすごい力で、八尾谷を座らせた。

「うぉ……ッ」八尾谷は腕を引っ張られたことでバランスを崩し、壁に頭をぶつけた。

「人の話は最後まで黙って聞くもんだよ。小童(こわっぱ)が」

　リヴの口調が急に変わる。

「さっきも言ったけど、私らは人を襲わない。それに、あんたたちが生きられない理由もこれから説明する。その解決策も含めてな。だから話を最後まで聞け」

　いい？　とリヴは指を立ててアキラたちを見た。

「あんたたちみたいな外から来た人間は、こっちの世界の病気に対して抗体を持っていないの。だから、もうすぐ病に罹(かか)って死ぬ。ここまでは理解できた？　気をつけても無駄よ。水を飲んだり食べ物を食べただけでも、たちどころに感染して死ぬんだから。とにかく私が言いたいのは、あんたたちはいま、とってもヤバい状況にあるってこと」

「そん、な……」ミユキチは殆ど泣きそうな顔でそう漏らした。

「気候なんかは似ているけどね――」リヴは腕組みをし、鼻を鳴らす。「ここは、根本から仕組みの違う世界よ。だから環境に適していない存在は、自然淘汰(とうた)される」

「で、でも、解決策はあるって……」アキラはリヴの言葉を忘れていなかった。

「もちろん、あるわ」

そう言ってリヴは、指で自分の唇を押し上げた。

薄暗い店内で、蠟燭の炎が、鋭く尖った牙を照らし出す。

「吸血鬼になればいいの。そうすれば、生き延びることができる」

その言葉を聞いた瞬間、全身に怖気が走った。

リヴと目が合う。彼女の瞳は炎に反射し、爛々と輝いていた。

顔は笑っていない。冗談を言っているようには見えなかった。

「吸血鬼の血には、あらゆる病気をはね除ける力がある。私たちから血をもらって飲みさえすれば、あなたたちは死なない」

アキラは何も言えなくなってしまった。

八尾谷も、リヴを見たまま固まっている。

だがミユキチは——彼女だけは、なぜか底冷えするような暗い表情を浮かべていた。

そして今にも消え入りそうな声で、

「リヴさん」

「なんだい？」

「さっき吸血鬼は、人を守る存在って言ってましたよね……」

「言ってたわよ？」

「私たちも吸血鬼になったら、魔物と戦わなくちゃいけないってことですか？」

八尾谷とアキラははっとして、リヴを見た。

「その通りよ」

「なっ……」八尾谷がテーブルを叩いた。「ふざけんなやっ！　なんでオレらがそんなことせなあかんねん！　魔物？　オレは絶対にやらんぞ！」

するとリヴがものすごい形相で八尾谷を睨みつけた。

「それは許されないわ。吸血鬼が魔物と戦うのは、この世界のルールよ」

「な、なんだよルールって……」アキラは狼狽えながらリヴを見た。

「古いしきたりがあるのよ。それに魔物の討伐は、あなたたちを生かすために作られた制度でもあるんだから」

リヴは壁に置かれた予備の蠟燭に火をつけ、消えかかっていた壁の蠟燭と交換する。

そして居住まいを正して、もう一度アキラたちを見た。

「いいこと？　まず大前提として、あなたたちは招かれざる客なの。元々ここに住んでた人間にとって、あなたたちは邪魔者でしかない。むしろ忌み嫌われている」

「なんで、嫌うねん……」八尾谷が怒りを抑えながら訊ねる。

「それはあなたたちが吸血鬼になるからよ。わかるでしょ。吸血鬼の増加は、元からここに住んでた人間にとって脅威以外の何物でもないってことくらい」

アキラたちのような人間がこの世界に来るようになったのはいつ頃のことなのか。

それは文献にないほど昔からあったらしい。だが当初、外から来た人間はそれほど脅威ではなかったという。来たところで数日で滅びる脆弱な存在。どこから来たのかは不明で、無気味ではあるが、害はなかった。

だが、それを不憫に思った吸血鬼の真祖がいたらしい。そして真祖はあるとき、彼らに血を分け与えた。理由はわからない。気まぐれだったのか。はたまた恋に落ちたのか。ただ、真祖が血を与えたことは事実として様々な文献に記されており、結果から言うとそれは上手くいった。彼らは吸血鬼の血を受け入れたことで、生き延びたのだ。

だがそれは、この世界に元々いた人間の反感を買うこととなる。

眷属を増やし続ける吸血鬼たちを脅威と見た人間たちは、武装蜂起した。それは戦争にまで発展し、戦いは何十年も続いたという。当然、両陣営に多大な犠牲をもたらした。

だがこの戦争は、人と吸血鬼がとある協定を結ぶことにより、終結したらしい。

当初より吸血鬼側の要求は一つしかなかった。

それは全員が生き延びるだけの、血の供給。

対する人間側の要求も、身の安全の保障というシンプルなものであった。

議論の結果、まず吸血鬼は、人を二度と襲わぬことを誓い、また当初、人間族が抱えていた著しい人口減少問題――つまり魔物による襲撃を解決することを約束した。

見返りとして、人間たちは彼らが生存に必要なだけの血を渡すことを約束する。

そこから長い年月が経過し、吸血鬼は人を守護する存在として認知されるようになり、また彼らが行う魔物の討伐は、傭兵稼業として広く周知されることとなった。

　そして外から来た人間たちも、魔物を狩ることを条件に吸血鬼として生き延びることが許されるようになったのである。

　だから、とリヴは締めくくる。

「この世界で生きるなら、ルールに従うしかない」

「……無理、だろ」アキラは心が折れかけていた。「なんだよそれ。生き延びたところで、どのみち魔物に殺されるだけじゃないか……」

「かもしれない」リヴは否定しなかった。「でも、そうならない可能性だって十分にある。少なくとも、目前に迫った死を回避し、生きる挑戦権が得られる。それを捨てるべきではないと私は思う」

　言っていることはわかる。でも、急にそんなことを言われたって、頷けない。

「やってられっか」八尾谷が吐き捨てた。「人の血を飲み続けて？　ほんで？　人間辞めてまで生きた結果、するのは魔物退治ってか？　しかもそれを一生続けなあかん。アホか。メリットなんてないやろ」

「なら死ぬ？」

　リヴが冷たい声音で言った。

「残り数日の命を精々、謳歌して、終わりにする？　血を売ってもろくに稼げないわよ。お腹を減らしながら、野宿して、無様に野垂れ死ぬ？」

「それはっ……」返事に窮して、八尾谷は黙り込んでしまう。

もう一度リヴがアキラの方を見る。アキラは狼狽えて視線をそらしてしまった。すると八尾谷とミユキチと目が合った。二人とも浮かない表情をしている。

どうしたらいいかだなんて、わからない。

何が最善で、何が正しいのかだなんて、わかるはずがない。他に方法はないのか。リヴの言っていることは本当に正しいのか。騙してるんじゃないか。

「参考になるかはわからないけど――」リヴが静かに言った。「私も、元は人間よ」

「リヴさん、も……？」ミユキチが驚いて顔をあげた。

ええ、とリヴは優しく頷いた。

「私もあなたたちと同じように死んでこの世界に来た。だいぶ昔の話だけどね。そして私は吸血鬼になった。もちろん全てが幸せだったわけじゃない。仲間も失ったし。死ぬような経験を何度もしてきた」

でも、とリヴは言う。

「いまは幸せよ。人を辞めることが正解だった、とまでは言えないけど、その価値はあったと思ってる。今日も仲間と酒を飲んで、そこそこ楽しい日々を過ごしてるしね。人を辞めるのが嫌な気持ちはわかる。けど、なってみたら案外この体も悪くはないと思えるはずよ。血を飲む行為だって、そのうち自然なことになる。それは保証する。だから――」

リヴはアキラたちを見る。

「生きるの。死を回避する選択肢があるのに、それを捨てるなんて、愚か者のすることよ」

リヴは真摯な表情で、アキラたちに訴えかける。

他に、方法はないのか……。

アキラは八尾谷の方を見た。

八尾谷が諦めた様な顔で、小さく頷いた。

ミユキチも「二人がなるなら」と涙を拭いながら、首肯する。

やるしかない。

アキラはそう決心し――、

「婆さん、ちゃんと勧誘してんのかよ！」

突然、テーブルが影に覆われた。

見上げると、長身の屈強そうな男がアキラたちを覗き込んでいた。

男は白いノースリーブのコートを纏っていた。露出した肩には獅子のタトゥーが刻みこまれており、巨大な剣を背負っている。日焼けした地肌はゴツゴツに隆起しており、だいぶ強そうだ。でも粗暴な感じはしない。身なりも綺麗だし、兄貴肌というか、爽やかな印象の青年だった。

「ジャン……」

雰囲気を台無しにされたリヴがこめかみを押さえながら男の名を呟く。

「なんだ？　ヴァリスに入れるためじゃなかったのか？」

「なわけないでしょ……何も知らなそうだったから、色々教えてあげてただけ」

「そうなのか？　まあいい。おい、人間！　吸血鬼になるならヴァリスの血統に入らねえか？　ヴァリスの血はいいぞ！　頑丈で強くなれる！　どうだ？　興味あるか？」

ぐいぐい顔を近づけてくる。なんだこいつ。だいぶ暑苦しい。

「てか……」リヴが立ち上がり、ジャンの頭をがしっと握った。

「さっき私のこと、なんつったよてめえ……婆さんだぁ？」

「あいたっ……あだっ、いだっ⁉　なんなんすか⁉　あがっ、頭割れますって！」

リヴが、ギリっとものすごい握力でジャンの頭を摑み、床に押し潰した。

「すんません……ほんと、いつもお綺麗で……や、マジで。すんません」

「脳みそまで筋肉で出来てんじゃないだろうねえ。この馬鹿弟子めが」

口調まで変わり、急に野蛮になったリヴを見て、アキラは恐怖を覚えた。

「はっはっは！」床に顔をこすりつけながらジャンが快活に笑った。「さてはお前ら、びびってんな。オレの師匠は二〇〇〇年も生きてる大吸血鬼――」

「歳の話はすんなっての！」

ズン、と音がして、ジャンの頭蓋骨がピシ、と変な音を立てた。

「へへ、すいやせん……」

「いや、てか、二〇〇〇って……」

アキラが顔を引きつらせながら言うと、リヴは「あらやだ」と頰を赤らめ恥ずかしがる。

いや、今さら取り繕うのは無理だろ。

「吸血鬼の恩恵の一つに不老ってのがあんだよ！」店の床からジャンの声が鳴り響く。「なると年を取らなくなるんだぜ！　ま、不老なんてあってないようなもんだけどな！　大抵の奴は、途中で魔物に殺られて死んじまうからよ！　ぐはははははッ！」

いや、笑えねえ……。

でもそんな恩恵があるのか。

「なんやこいつ……ウザすぎやろ」

「ははっ！　生意気なガキだな！　でも嫌いじゃねえぜ。お前、ガタイもいいしヴァリスに入らねえか？　なんならこれから血統支部に案内してやっても――」

ぐちゃ、という音がして、リヴの足がジャンの顔にめり込んだ。

ミユキチが思わず顔を背けた。アキラの方からだとよく見えないが、ジャンの声が途切れている。ちょっと心配だ。

「その、血統支部というのは……」

ミユキチは見なかったことにして話を進める気らしい。

「吸血鬼が血を提供してる場所よ」リヴが腕組みをしながら答える。「そこで血を飲めば、あなたたちも吸血鬼になれるわ」

「ならさっそく――」

「話は最後まで聞きなさい」

八尾谷は立ち上がろうとしてリヴに頭を押さえられた。

「あなたたち、ここへ来たのはいつ？」

「数時間、前です」

アキラがそう答えるとリヴは、うむ、と頷いた。

「なら、あと一日くらいは生きられるわね。朝になったら、血統支部を回りなさい。そして、どの支部で血をもらうか決めるの」

「決める？」

血統支部は一つじゃないのか。

「あ？　血なんて、どこでもらおうが一緒ちゃうんか」

「ぜんぜん違うわ」

リヴは背中の斧を掴み上げ、それを軽く振って見せた。

瞬間、風が巻き起こり、近くの蠟燭の火がかき消えた。

「たとえば、戦斧ヴァリスの血には筋力を増大させ、身体能力を飛躍的にアップさせる力がある」

リヴは斧を背中に戻す。

「他は、有名どころだと聖血（せいけつ）のレイザ。これは癒やしの力を司る血統よ。あとは、魔術を操る黒衣のセミラミスの血統なんてのもあるわ」

「血によって……」ミユキチが驚きながら頷いた。「貰える力が違うってこと、か」

「その通り。そして血を受ければ、あなたたちも同じ力が使えるようになる」

それは異能の類いと言えるものらしい。

戦斧ヴァリス。

聖血のレイザ。

黒衣のセミラミス。

屍喰のサガン。

銀鎧のチェイテ。

この世界には、こういった真祖がたくさん存在していて、また彼らは、派閥を広げるため世界中の街へと赴いては、血統支部を作り歩いているらしい。

現在、オスタルの街には血統支部が三〇ある。

アキラたちは動ける残り一日で、その中から一つを選び、受血するのだ。

そして死を回避する。

「あと、この力は魔物と戦うときにすごく役に立つから、適当に選んではダメよ。それと、血は一度受け入れたら他の血を一切受け付けなくなるから、これも注意ね。後で別の血統に入り直そうったって、そうはいかないわ」

「なんや、面白なってきたやん」

異能と聞いてやる気が出たのか、八尾谷は不敵に笑った。

ミユキチはまだ不安なようだ。慎重に質問を続ける。

「血統選びのコツみたいなものはあるんですか?」

「ヴァリスはいいぞ」ジャンが復活した。

「ヴァリス以外で」

ミユキチがすかさず言うと、ジャンが寂しそうな顔をした。

「鉄則としては」ジャンが顔の血を拭った。「でかい血統支部を選ぶことだ。有名であればあるほどいい。知名度のある血統を選べば、まず失敗はないだろう」

「なんや、ミーハーやな」八尾谷が顔を顰めた。

「そうでもないぜ」ジャンが白い歯を見せた。「人は、優れた力を持つ血統に集まる。大きな血統支部ってのは、それだけ多くの人間が魅力的だと判断した結果でもあるんだ」

「逆に注意すべき血統とかもあるんですかね」アキラも訊ねる。

「そうだな」ジャンが少し渋い顔をする。「あんまし他の血統の悪口は言いたくねえんだが、マイナーな血統には、それ相応の理由があったりする。用途が限定的だったり、どこか弱点のあるのも多い。あとは闇の血統なんてのもあるが……あれは絶対にやめとけ。代償やら誓約が多くて、入った後、後悔するぞ」

あと、とリヴが注釈を入れる。

「小さい支部にもそれなりの理由があるから、そこも注意ね」

そういう場所は、既に真祖が息絶えた血統だったりするらしい。その場合、他の血統よりも力が弱まっており、思ったような力が手に入らないときがあるという。

もちろん例外もあって、死霊術師の血統である『屍喰のサガン』などは、闇の血統でありながらも中々の知名度を持っているらしい。だがそれでも需要は少ないという。この手のマイナー職は、メインの職が安定しているチームだけが欲しがるとのことだ。

そこで初めて知ったのだが、魔物の討伐はパーティを組んで行うものらしい。

言われてみればその通りなのだが、今まで気づかなかった。

確かに徒党を組んでやる方が効率も良さそうだし、生存率も上がるだろう。

「とにかく、迷ったらヒーラーかアタッカーにしとけ」ジャンがアキラの背中を叩いた。「討伐任務で需要が高いのはだいたいそのポジションだ。お前らはちょうど三人いるんだし、パーティを組んじまうのも手だぜ。そうすりゃ最初から血統が被らないよう、バランス良く能力を配置できる。互いの欠点を補い合えるってのは結構なアドバンテージになるからな」

なるほど。アキラたちは、こくりと頷く。

とにかく、明日の予定はこれで決まりだろう。まずは街を回り、血統の情報を集める。そして命尽きる前にどこかしらの血統支部へ行き、血をもらう。

その後は基本的に自由だという。とはいえ金は稼がねばならない。

だが幸いにして、アキラたちがやれることは一つしかない。傭兵稼業。傭兵協会が募集している任務に参加し、魔物を倒し、報酬を受け取る。

基本はその繰り返しだという。金を稼ぎ、金がなくなったら、任務を受ける。

気乗りはしないが他に選択肢もない。まあ、稼げさえすれば、毎日任務に参加する必要もないはずだ。とにかく頑張ってやってみるしかないだろう。これがこの世界の生き方というなら、従うしかない。

あらかた情報を伝え終えると、リヴとジャンは去っていった。

アキラたちは頭を下げて二人を見送った。

テーブルはまた三人になり、静寂が戻ってくる。

「なんか……怒濤、だったね」ミユキチが苦笑交じりに言った。

「でも、悪い人たちではなかった、かな」アキラはフォローするように答えた。

「リヴはな。でもジャンはあかんやろ」

それは言えてる。アキラたちは肩を震わせ笑った。

夜もだいぶ深くなり、気がつくと酒場には殆ど客がいなくなっていた。店は朝までやっているとのことだが、すでに閑散としていて、店内は静けさに包まれている。

だからだろう、眠気が襲ってきた。

アキラはコップに入った水を一気に飲み干した。

「本当に、なるんだよな。吸血鬼に……」

「……朝になったら」八尾谷が静かに口を開く。「なりに行くか」

「じゃあ、今日が人として最後の夜だ」ミユキチが苦笑した。

少しの間、沈黙が続いた。

やっぱり決心なんか全然ついてなくて。八尾谷の顔にも躊躇(ちゅうちょ)の色が見えた。結局、選択肢がないからそうするだけで、自分の意思ではない。

未来の展望なんて見えない。これからどうなるかだなんて想像もつかなかった。

いつかリヴのように笑って暮らせる日がくるのか。

それともあっけなく魔物に殺されて終わるのか。

それからアキラたちは少しだけ血統の話をした。

どんな血統があるかはわからないが、実は各々やりたい路線などは少し決まっていて、八尾谷はまさかのヴァリス志望だった。

「誰かは前線で盾役(タンク)やらなあかんやろ。それにオレは身長もあるからな」

確かにアキラとミユキチがやるよりは、ガタイが良い八尾谷の方が適任だ。

そしてミユキチは、

「私は、魔法を……」

瞬間、八尾谷が噴き出した。ミユキチが顔を真っ赤にして怒っていたが、アキラもちょっと笑ってしまった。でもわかる気がする。魔法、使ってみたいよな。それに後方支援という意味で弓や魔法は必要だ。

ミユキチは明日、魔術系統の血統支部を回ることで決まった。

最後に回復役がいないので、アキラがヒーラーを選んだ。

剣士や魔法使いに憧れがないわけではない。ただ実際に戦うとなると恐怖もある。アキラはそこまで背も高くないし、サポートが合ってる気がした。それに治癒魔法も使いこなせば面白そうだ。

話が纏まってきたところで、本格的な睡魔が襲ってきた。

三人は座りながら仮眠を取ることにした。でもアキラは眠いのに中々寝付けなくて、そのうち無性にトイレに行きたくなった。さっきミユキチが行ってきたのを見てたので、席を立って、そっちの方へ行ってみる。

だが、用を足して席に戻ろうとしたら、店の裏口の方で変な音を聞いた。

声も微(かす)かだったし、殆ど聞こえないような距離だった。

「――て」

また聞こえた。

なんだろう。誰かの声だ。

違う、本当はちゃんと聞こえていた。

返して、という言葉だ。しかも声は女の子のものだった。

なんでこんな時に……。

店の中に視線をやる。八尾谷とミユキチが寝息を立てている。どうする。起こすべきか。いや、二人とも疲れている。睡眠の邪魔するのは気が引けた。

様子を見に行くべきか。だが行ってどうなる。助けるのか？　無理だ。武器だって持っていない。最悪、殺されるかもしれない。でも見て見ぬふりはできなかった。

アキラは静かに戸口を開け、裏路地に出た。

声の方角へ移動する。心臓の鼓動が早鐘を打っていた。恐怖で微かに手が震える。

大丈夫。別に何かしようってわけじゃない。様子を見るだけだ。

声の方向を頼りに石畳を進む。

すると人気のない狭い路地に出た。たぶん、ここだ。

壁から顔を出して覗き込む。

三人に囲まれるようにして、赤いローブの少女がいた。

三人組は……男が二人と、女が一人か。

少女の方は顔がフードに隠れて見えないが、どこか切羽詰まっている様子だ。

「返して……いい加減にして。分け前は、銀貨三枚のはずでしょ。ちゃんと無事に送り届けたらもらえるって言ったじゃない……」

「痛たた……あー、やっぱケガしてるわ。あの時ちゃんと回復してくれなかったから」

「嘘っ、さっきケガなんかしてないって……」

少女が言うと、三人が笑い始める。

「気を使ってやってたんだよ。お前に余計な負担かけないようにって。オレも擦り傷結構できててよ……あー、地味にキツいわ」

「本当、なの？」

「ああ、本当だって、ほら、見てみろよ」

男が腕まくりをする。

「……」

正直、アキラにはケガをしているようには見えなかったが、少女は、黙りこくって杖を握りしめ、身を固くした。

「ってなわけで。ケガをさせたんだから、報酬は減額で銀貨一枚ってことでいいよな。そういう約束だし。それに、一シリルだって十分だろ。何に使うんだよ」

「十分じゃない！　ちゃんと三シリル払って！」

「――おっと、口の利き方ぁ！」

「あっ」

男が、少女から杖をあっさりと奪い取る。

「か、返してっ……お願い。杖は、やめて……」

「じゃあ、取り返してみる？」

男は朗らかに笑いながら、仲間に杖を渡す。

しかし少女は気付いていないようで、男の方に向かって、おずおずと歩き出す。

「おっとー」

一人が、足をかけたみたいだ。少女が転びそうになり、男が抱きとめる。

「おお、随分と積極的だな……つかお前、意外と良い匂いするな」

「は、離して！」

「おいおい、そっちから抱きついて来てそれはないだろ」

「じゃ、次はオレにハグする——って、だれお前？」

アキラに杖を取り上げられた男が、鋭い一瞥を投げかけてくる。

——なにやってんだ。

様子を見るだけって話だったろ。でも出て行かないわけには、いかなかった。

アキラは声が震えないよう堪えながら、

「や、やめろよ……困ってるだろ」

相手は三人。武器を携帯している。なら吸血鬼か。つまり何らかの力を持ってるということだ。年齢はいずれも二〇代くらい。アキラよりもだいぶガタイが良い。

「つーか」女が苛立たしげにアキラを睨んだ。「あんた部外者でしょ？　引っ込んでてくれない？　ほんとウザいんだけど」

「てかお前、もしかして人間？」

「だったら……なんだよ」

「いや、それは、さすがに向こう見ずが過ぎるよね……っと！」

瞬間、腹部に蹴りがめり込んでいた。嘘だろ、速すぎてまったく見えなかった。

息、が。

全身が硬直して、そのまま石畳に倒れ込んでしまう。

二度、三度、と蹴られ、アキラはガードもできないまま地面に仰向けにされた。流石にここまで一方的にやられるとは思ってなくて、というか人を呼ぶべきだった。何でそうしなかった。冷静に考えてまずそれだろ。なにしてんだよ。

アキラは片目を開き、男の拳が降ってくるのをただ眺める。

するど、少女がアキラを守るように覆い被さってきた。

「お願い……もう、やめて。お願いだから……」

三人がそれを見て、黄色い声を上げた。

「お、抱き合っちゃって、アツいねぇ」

男たちは腹を抱え、馬鹿にするように笑う。

だが遠くで街の住人の視線を感じたのだろう、女が目ざとく察知する。

「ねえねえ、今日はこの辺にして、飲みにでもいかない？」

「お、いいね！」

男たちは陽気に笑って踵を返す。

背を向け歩きながら、

「てか赤頭巾ちゃんさー」

女が、嘲笑を浮かべながら振り返った。

「あんたみたいな奴と組んでくれるの、あたしらくらいなんだから、もっと仲間、大事にしよ？　他のメンバー探すとか言うのはいいけどさぁ。『死神』のお前に背中預けてくれる奴なんか、いねえんだから」

「……っ」

「そそ。オレらだってタダで組んでやるほどお人好しじゃないし。背中守れない奴をパーティに入れてるんだから、保険として金もらったって、バチ当たらないっしょ」

アキラの上で、少女が拳を強く握りしめるのがわかった。

アキラは目を閉じたまま、奥歯を噛みしめた。

じっと彼らが去るのを待つことしかできなかった。ダサすぎるって。冗談みたいにあっさりと倒されて、最後は彼女に庇われて。

「いま……手当するから」

赤いローブの女の子が杖を探し始める。

でも杖は近くにあるのに、彼女はなかなかそれにたどり着けない。

手探りで探しているのだ。探しながら、彼女は何度も、ごめんなさい、と謝ってきた。

「大丈夫、だよ。見た目ほど、痛くないし」

「ほんとごめんなさい……」

「いや、本当に――」

驚いて言葉を切る。

少女が急にアキラの顔を触り始めたのだ。手でケガの状態を確認するように。

まさか、目が見えないのか……？

瞬間、冷や汗が出た。頭の中で、過去の記憶が呼び覚まされる。

でも、そんなはず……。

そして手で顔の輪郭を確かめていた彼女も、はっとしてその手を止めた。

「……嘘」

それがケガのことでないことは、直感的にわかった。

「——アキ？」

全身が粟立(あわだ)つ。

頭が真っ白になった。

いま、なんて——

フードから艶やかな黒髪が零れ、顔が垣間見える。

雪のように白い肌。鼻梁(びりょう)の整ったはっきりとした顔立ちに、閉じられた瞳。

嘘、だろ。

「……阿夜(あや)、なのか？」

「嘘……本当にアキなの？」

そうだよ。でも、驚いてるのはこっちだって。

だって、お前、

二年前に死んだはずだろ。

†

杖、そうだ。杖を拾ってやらないと。

阿夜には杖が必要だ。白杖が——あれ、白くない。いや色なんてどうでもいいだろ。

阿夜は目が見えないんだ。だからまず杖を拾ってやらないと。

だいぶ動揺してる？　当たり前だ。死んだ人間がいるんだ。

「そうか、ここは死者が来る、世界……」

「杖、もらえる？」

静かで、冷たさすら感じる声音。

「あ、ごめん」

狼狽えたままそれを阿夜に手渡す。

何か話さないと。思ったよりショックを受けてる。阿夜と会えたことは嬉しい。死に別れた友人との再会だ。嬉しくないわけがない。でも頭がいっぱいいっぱいで、だってもう会えないと思っていたのに、本当に——。

「どうしたの」

阿夜が顔を覗き込む。

「や、その、やっぱり本物、だよね」

「どういうこと？」

「いや、なんでもない……」

顔も髪型も同じで見間違えようがない。それに彼女は晴眼者でない。生まれつき目が視えないのだ。だからいまも杖を使って生活している。本当に、阿夜なのだ。足取りも挙動も、あの時とまったく同じだ。

「わたし、この近くに住んでるんだけど」

来る？　という意味らしい。

「い、行くよ。もちろん」

赤いマントを羽織った阿夜は、ゆっくりと踵を返す。

アキラも歩きだそうとして、

「――ッ」

足首が痛んだ。さっきので挫いたのか。動揺していてそれすら気付かなかった。音で歩調がおかしいことに気付いたのだろう。阿夜が振り返る。

「その前に、手当だったね」

「や、別に大丈夫――」

言いかけてアキラは尻餅をついた。

急に杖を向けられたのだ。そして青白い光を浴びせられた。

でも光っただけだった。足には何の変化も見られない。

「ああそっか、アキは人間だから――」

「どういう、意味？」

「ううん、こっちの話。ごめん。怪我は治せない。治癒魔法は吸血鬼にしか効かないの。血の種類が違うんだって。途中で薬を買ってあげるからそれで我慢して」

「あ、ありがとう。てか魔法が使えるんだな……」

「まあ、修道士だし」

「……修道士？」

「ヒーラーのこと。わたし、聖血のレイザの血統に入ってるから」

「マジで……？」

「本当だけど。そんな嘘ついて何になるの？」

「だよ、な」

阿夜は静かに赤いフードを被り直した。

杖で辺りを確認し、再び歩き始める。

その背中を、アキラは見つめる。

幻でも見ているかのような光景だった。

死者が辿り着く場所。

本当に、阿夜なのだ。ここにいる。目の前に――。

石造建築に囲まれた暗い路地の先は、未舗装の、むき出しの地面が広がっていた。所々に雑草や木が生えており、その奥に阿夜が住んでいる屋敷があった。

ここはレイザの一統が所有する屋敷で、まだ宿代を払えるほど稼ぎがないルーキー傭兵たちが使っているらしい。

阿夜はこの世界に来てから二年、ずっとここに住んでいるという。

吸血鬼化して一年もすると皆ここを出てしまうので、彼女は屋敷の最古参なのだとか。

アキラは談話室に通された。阿夜の部屋には入れてもらえないらしい。当然といえば当然か。女の子の部屋だし。でも、どういう所に住んでいるのか気にはなる。

しかし吸血鬼の館に人間のアキラがいて大丈夫なのだろうか。人を襲わないとはいうが、正直、落ち着かない。いかにもって感じの古い洋館だし。

阿夜が火を熾し、カップを二つ持ってくる。

香草茶だろうか。時間はかかるが一人で家事もできるらしい。なんとかやっていけてるようで安心した。そりゃ二年もここで生活していればそうなるか。

でも、さ。

「阿夜、さっきの三人は、なんなんだよ」

少し沈黙があった。

「あれは……わたしの仲間」

「な、仲間？　そうは、見えなかったけど……」

「別に、見えなくても事実だし。今日も一緒に仕事してきたから」

「でも金が貰えないってのは――」

阿夜は睨むようにこちらを向いた。

「あれは、なんでもない。気にしないで。あんなの見せられてさ」

「気にするなって……無理だろ。あんなの見せられてさ」

お前、酷い目に遭わされてるんじゃないのか。

「それにあいつら、阿夜にワザと抱きつかせたりしてたし……」

「それはっ……」

阿夜の顔が紅潮する。

「あんなの、気にしない。変なこと、されたわけじゃないし。させるつもりもないし」

「いや、そこは気にしないと……女の子なんだしさ。危ないって。あいつら、見るからに柄悪かったろ。パーティ組むならもっと普通の人とか……」

「アキ」

阿夜が遮る。

「パーティは、わたしから頼んで組んでもらったの」

「嘘だろ……」

「本当よ。メンバーに一人、女の子がいたでしょ？　あの子はわたしの友達」

「え……」

「わかったら口を挟まないで。次の任務は少し難しいから、余計なことして関係を悪化させたくないの」

阿夜は拒絶するように、話題を変える。

「アキはどうしてこの世界に？」

思えば、自分のことを何も話していなかった。

「最期は、覚えてないんだ」アキラは頭を掻いた。「修学旅行で飛行機に乗ってさ。途中で飛行機が故障して――」

言ってたら辛くなってきた。

「俺、本当に死んだんだよな」

「だと思う」

「だよね。はは、まあ、じゃあここは天国？」

「なのかな。わたしは地獄かと思ったけど」

「ああ、確かに。わかるよそれ。俺たちもさ、相当やばくて」

「たち？　一人じゃないの？」

「え？　ああ、他に二人いてさ」

「そうなんだ……わたしは一人だったから。死んだときに一人だったからかな」

カップを触り黙り込む阿夜を見て、アキラは何も言えなくなってしまった。

だって彼女は――、
アキラが心ない一言をぶつけさえしなければ、死ななかったかもしれないのだから。

――なんでも人を頼ろうとするなよ。

迷惑なんだよ。

少しは一人でやってくれないとさ。

目が見えないのはわかるけど、いつまでも俺が世話するわけには、いかないだろ。

――そう、わかった。


あの時、阿夜は乾いた笑みを浮かべて、そう言った。

本当はそんなこと思ってなかった。あの時は少し機嫌が悪かったんだ。

ただの喧嘩(けんか)だよ。子供のさ。つまらない意地の張り合い。

あの日、阿夜は隣町に行きたいからアキラに付き添ってほしいと言った。

新しい場所に行く時は、いつもアキラが一緒に行く。それがルールだった。

目の見えない人にとって知らない土地を歩くのは大変で、アキラもそれをわかってた。

でもあの時は色々と大変だったのだ。受験勉強もあったし、友達との付き合いもあった。

その上、盲学校から帰る阿夜と待ち合わせして帰ったりしてさ、少し疲れてたんだよ。そういう時って、誰にだってあるだろ。

雨も降ってたし、また今度にするだろう。臆病なあいつが一人で行けるわけがない。今度会ったら、あやまろう。そう思ってた。

無理だったけどさ。

交通事故だった。

それを聞いた時、本当に頭が真っ白になって――

目の前に彼女がいる。

何か、言わないと。

あの時、言えなかったことや伝えたかったことを。

言うべきことは沢山あった。なのに、言葉が出ない。どの言葉もこの場にはふさわしくない気がして、口から出てくれない。言おうとすると喉が締め付けられたように、声がでなくなる。苦しかった。嬉しい再会のはずなのに、喜べなかった。それどころかアキラはこの場から逃げ出したいとすら思っている。怖かったのだ。何か言われるんじゃないか。恨んでるんじゃないかって。だって俺は、阿夜を死なせたから。

「な、なあ、阿夜」

感情を押し殺して、無理矢理笑みを作る。

「なに？」

だから、なんでそんなに刺々しい視線を向けるんだよ。

「いや、その、傭兵としては、ちゃんと、やっていけてるのかなって。色々大変だろ？こんな世界だし。仕事って、魔物と戦うことなんだよな」

「やれてなかったら二年も生きていられないと思うけど」

「ああっ、そ、そうだよな！　いや、なんか心配でさ」

「どうして？　それって、わたしが一人じゃなにもできないと思ってるから？」

「いやそうじゃなくてっ。本当、心配なんだって。阿夜も言ってたろ。ここにいるのは新米吸血鬼だけで、みんな一年くらいで出て行くって。でもお前、まだここにいるし」

「それがアキとなんの関係があるの？　吸血鬼にもなってないくせに、口を挟まないで」

なんだよ、その言い方。関係ないってなんだよ。いや違うんだ。普通に会話したいだけなんだ。でもどうしてか上手くいかない。言い方が悪いのはわかってる。あまり会話とかも得意な方じゃない。けどさ。再会できたのにずっとそんな冷たい態度って、それはないんじゃないか。

「いいから、聞いてることに答えろよ」

「……だからさ、それ、アキに関係あるの？　他人でしょ」

「他人って、おい……」

「なに？　アキがいなくても上手くやれてるから、ひがんでるの？　わたしはアキがいないとダメなやつだって、見下してた？」

「そんなこと言ってないだろ……なんなんだよお前」

「喧嘩売ってきたのはそっちでしょ」

「ちがうって……そんなつもりじゃ……でも久々に会ったのに、それはないだろ。俺だってずっと後悔してたし。本当に辛くて」

　ははっ、と阿夜が高笑いをあげた。

「なにその被害者みたいなセリフ。別にアキのせいだなんて思ってないから。ただわたしが勝手に一人で死んだだけ。関係ないのに変な同情とかしないでくれる?」

　普通、そこまで言うか。さすがに言い過ぎだろ。マジでふざけんなよ。

「じゃあ、そのボロボロのだっさい赤マントなんか捨てて、新しいの買えばいいだろ!　稼げてないのバレバレなんだよ!」

　瞬間、阿夜がものすごい勢いで立ち上がった。

「お金なら稼いでるわよ!　ほら!」

　阿夜が巾着袋を思い切り床に叩きつけた。もの凄い音がして大量の銅貨が床に散らばった。本当にすごい量だ。三〇〇枚くらいある。その音で我に返った。

　……なにしてんだ、俺。

　せっかく阿夜と会えたのに、本当、なにしてんだよ……。

「ごめん……」

　アキラは消え入りそうな声でそう言い、床に散らばった銅貨を拾う。

　阿夜は肩を震わせたまま、暫く立ち尽くしていた。だが少しすると彼女もしゃがんで銅貨を拾い始めた。何事かと他のレイザの子たちが降りてくる。だがアキラと阿夜のただならぬ気配を察してか、すぐに上の階へと引っ込んだ。無意識に大声で怒鳴ってたのかもしれない。だとしたら申し訳ない。本当に最悪だ。

「これで全部だと思う……」

そう言って阿夜に袋を手渡す。

「ありがと……あと、なんかごめん……」阿夜は狼狽えていた。「久々に会えたのにわたし……そんなつもりじゃなかったのに……少し疲れてて……」

阿夜の目尻に涙の跡を見つけ、自分の馬鹿さ加減が嫌になった。傷つけるつもりはなかった、とは言えない。アキラも動揺して、歯止めが利かなくなっていた。

時が経てば傷が癒えるなんて嘘だ。

嫌な思い出は消せない。挽回できなかった過去は残骸となっていつまでも脳の中に残り続ける。片付けることはできても、捨てることはできない。

阿夜が椅子を戻して立ち上がる。

「……アキも疲れたでしょ。もう帰っていいよ」

「俺は、大丈夫だけど……」

「わたしも今日は疲れたからさ」

「でも――」

「無理しなくていいって。わたし、もう部屋に戻るから」

阿夜は逃げるように背を向ける。

「ま、待って……」

気がつくとアキラは阿夜の肩を摑んでいた。

「なに？」また刺々しい表情を向けられる。

「や、その……」アキラはぎこちなく肩から手を離す。

「……なに？」阿夜は訝しげな顔をして首をかしげた。

「あっ」

「あ？」

「明日も来ていい……？」

「……は？」

阿夜の表情が固まった。

「喧嘩したまま終わりには、したくないんだ……」

アキラは殆ど縋る様な気持ちで阿夜を見た。

阿夜は、睨み付けるようにアキラの方を向いたまま、黙り込んでいる。

その沈黙がアキラには永遠のように感じた。

阿夜が微かにため息をついた。彼女は怒った様な顔のまま、

「わたしも……また会いたい」

「ほ、ほんと……？」

驚いてそう訊ねると、阿夜はしかめ面のまま、こくりと頷いた。

たったそれだけの反応なのに、胸のつかえが下りて、一気に心が軽くなった。

嫌われたく、ないんだよな。

大切な人だったから。

ごめんな。

あの時、突き放して。

本当はそうあやまりたかった。

でも、まだそれを上手く言える自信はなくて。

だから時間が欲しい。もっと彼女と話をしたかった。

そしてもう一度、やり直したい。

「明日の夜も……」阿夜がぎこちない口調で言う。「ここで待ってるから」

「必ず来るよ」

「じゃあ……今度こそ、またね」

「うん、また」

またね。そう言い合えるこの状況が、どれほどの奇跡の上で成り立っているのか。

それを肌に感じながら、アキラはレイザの館を後にした。

†

中一の夏休みだった。

その日は蒸し暑くて、夜になってもアキラはまったく寝付けなかった。ベッドで横になっていると、体がどんどん汗ばんできて、すっかり目が覚めてしまった。

時計を見ると、夜一一時を回った所だった。

アキラは暗い部屋の中で起き上がる。少し腹が減っていた。机の引き出しから財布を取り出す。暗がりで小銭を数えると八〇〇円くらいあった。

「コンビニで、カップ麺でも買うか……」

深夜の外出は親に禁止されていたが、この夏、アキラは何度か家を抜け出している。それにここらは治安も良いのだ。

アキラはTシャツとハーパンのまま一階へ降り、サンダルを履いて玄関を出た。

深夜の住宅街はとても静かで、サンダルの音がいつもより大きく聞こえた。

神社の裏通りに面した道を歩き、錆び付いたお好み焼き屋の看板の前を横切る。

民家に併設された理髪店に置かれた赤、青、白のサインポールは、消灯しガラクタみたいに佇（たたず）んでいる。街灯には蛾（が）や甲虫が吸い寄せられていた。

その時、突然近くで何かの呼吸音を聞いた。

ぞわっと恐怖が全身を駆け巡り、竦（すく）んで動けなくなった。悲鳴を上げることもできないまま、アキラは半泣きの状態で音の方を振り返る。

電柱の下で、女の子が佇んでいた。

少女はじっと固まったまま、微動だにしない。

死ぬほど無気味な光景だった。年は同じか少し下くらいか。肩口で切り揃えられた黒髪、白いシャツにブルーのデニムスカート。なんだ、ただの子供じゃないか。お化けじゃない。でもどうしてこんな時間に？　普通に危ないのではないか。アキラが言えた義理ではないが、ちょっと異常だ。そう考えるとやっぱり怖くなってきた。

ただ、少女は立ち竦んで震えていた。

白い杖を両手できつく握りしめ、俯きながら道路の脇で固まっている。

アキラよりも、よっぽど切迫した表情をしていた。

なんだこいつ……？　てかこの女、一体いつからこうしてるんだ。

アキラは困惑した。女の子は、完全に心が折れたという顔をしていて、自分の殻に閉じこもっていた。何かあったのだ。アキラは声を掛けようとして、前方から殺気めいたものを浴びせられた。

ぞっとして前を見る。すると数メートル先、道路の真ん中で、一人の老人がものすごい形相で仁王立ちしていた。そいつは腕を組み、鬼のような顔で女の子を睨み付けていた。

その視線が、アキラを捉えた。アキラは震え上がった。

――もし、その子に声を掛けようものなら、ぶっ殺してやる。

そういう顔をしていた。アキラは怖じ気づいて声を出せなくなった。

てか、なんだよこの状況。まったく意味がわからない。とにかくアキラはびびっていた。はやく逃げないと。でも女の子を放っておいて良いものなのか。

一体この子は、なんなんだ。
白い杖。
目の焦点がいまいち合ってない気がする。
もしかしてこいつ、目が見えないのか？
だとしても、こんな夜更けに一体何を……？
老人は七〇歳をゆうに越えていて、夜遅くまで起きてるようなタイプには見えない。
女の子だってそうだ。こんな夜に出歩いていいような年齢ではない。
でも二人にとっては――、
この時間でないとダメだったのだ。

昼間は迷惑が掛かるから。

でもここは、夜になると車が通らない。

人通りの途絶えたこの場所でなら、転んでも、失敗しても、誰の迷惑にもならない。

皆が寝静まった頃、阿夜と祖父は家を出て、人知れず、歩く練習を繰り返していた。

老人が一言もしゃべらず、じっとしていたのは、彼女が老人の気配を察知し、そちらに進んでこないようにするため。

そのせいで阿夜は恐怖に震え、電柱から離れられなくなってしまっていたのだ。

阿夜は、闇の中で右も左もわからず、軽くパニックを起こしていた。いつも手を差し伸べてくれるはずのお祖父(じい)さんが、どうしてか今日は来てくれない。なぜ来てくれないのか。そのことで頭がいっぱいになっていた。

阿夜には、両親がいない。

唯一の家族は祖父だけで、その祖父も、いつまでも彼女の側にはいられない。

だから自分が死ぬ前に、何としても彼女を一人で歩けるようにしないと。

そう思い、心を鬼にしていたのだ。

阿夜は助けを求め、見えない瞳で何度も辺りを見回す。

心が痛む光景だった。

だがここでアキラが声を掛けても、彼女の助けにはならない。

アキラは少し考えた後、静かにそこを立ち去ることにした。

コンビニへ行ってカップラーメンとアイスを買い、普通の日常に戻る。帰りは怖じ気づいて別の道から戻った。家の前に辿(たど)り着くと、アキラはこっそりと通りの方を覗いた。

もう、二人の姿はなかった。

時間にすると一分にも満たない邂逅(かいこう)だった。

夜道を歩いていたら、佇んでいる少女がいて、そこを横切った。ただそれだけの話。

なのにそれは、ずっとアキラの心の中で、しこりのように残り続けた。

そして秋が終わり、冬になり、春が来て——、

アキラは彼女と再会する。

学校の帰り道だった。桜舞い散る中、白い杖を突きながら歩く少女を見つけた。

たどたどしい動きだが、足取りはしっかりしていて、だけど道を進むのに少し戸惑っていた。だから、

「大丈夫ですか」

声を掛けた瞬間、心の中に蟠っていたしこりが溶けて消えていくのを感じた。自分でも意外だった。アキラはあのとき声を掛けなかったことを、ずっと後悔していたのだ。

彼女は、はっとして顔を上げ、それから困ったように笑った。

「実は、少し道に迷ってしまったんです」

そう言って彼女は、初対面のアキラに向かって、遠慮がちに行き先を伝えようとする。

本当は初対面ではないのだ。そう出かかった言葉をアキラは呑み込んで、

「近くだから――」

「え？」

「俺も一緒に行くよ。とくにすることないし、暇なんだ」

すると彼女は「恐縮です」と律儀に頭を下げた。その無駄に礼儀正しい物言いに思わず声を出して笑ってしまった。すると彼女がむっとした顔でアキラのいる方を睨む。

その全てを、いまも鮮明に覚えている。

彼女の笑顔も、怒った顔も、呼吸をする音も。

そんなに掛け替えのない存在を――

どうして手放してしまったのだろう。

あの日は、雨が降っていた。

「じゃあなんで行くのか理由を話せよ。なんで今日なんだよ。忙しいって言ったろ。聞いてなかったのかよ」

アキラは疲れていた。色々な事が積み重なって、苛立ち、それを何の関係もない阿夜にぶつけ、発散しようとしていた。

「ダメかな？　今日がいいんだけど」

阿夜が困ったように笑う。

「だから、なんで今日なんだよ。理由は？　言わないなら、俺は行かない。つかさ、俺の都合とか考えたことある？」

「だよね。ごめん。わたしが悪かった」

なんで、謝るんだよ。

翌日、アキラの部屋に来た母親は、明らかに動揺していた。

「あ、阿夜ちゃんがね……」

視線を彷徨わせ、しどろもどろになりながら、そう切り出した。

「昨日、事故があったでしょ。その――」

気がつくとアキラは耳を塞いでしゃがみ込んでいた。

「ねえアキラ、聞いてるの？」

聞きたくない。

「ちょっとアキラ！」

だって昨日は雨が降っていたんだ。

「お願いだから、ちゃんと聞きなさい。大事な話なんだから――」

やめてくれ。


連日の雨の中、阿夜の葬儀はしめやかに行われた。

アキラは行かなかった。

阿夜の祖父にも合わせる顔がない。

棺（ひつぎ）に入った阿夜を見て、耐えられる自信もなかった。

代わりに列席した母親が帰宅し、アキラの部屋をノックする。

そしてアキラが横たわるベッドの上に、包装紙に包まれた箱を載せた。

なんだよ、と言おうとして、アキラは言葉が出なくなった。

箱にはカードが添えてあった。

『たん生日おめでとう』

笑っちゃうくらい下手クソな字だった。

なのにそれを見た途端、涙が止まらなくなった。

何度も書き直したんだろうな。

見えないのに大変だったろう。

阿夜はもう、この世界にはいない。

理解した瞬間、嗚咽が止まらなくなった。

「これを、買いに行ってたんだって」

「なんで……」

「道がわからない場所には普段は行かないんだけど……」

母親が隣に座り、アキラの頭を撫でた。

「どうしても、プレゼントしたかったんだね」

どうして俺なんかのために。

「阿夜ちゃんが一人でどこか行くなんて、昔では考えられなかったことだから。それができるようになったのはあなたのおかげ――」

「そのせいで死んだんだろッ!」

母親の手を振り払い、アキラは雨の中、外へ飛び出した。

ぜんぶ自分のせいだ。

自分と出会わなければ、阿夜は死ななかったんだ。

†

夜も遅いし、八尾谷とミユキチが心配している。店に戻りたくなかった。

なのに足がちっともそちらへ向かない。

一人で気持ちを落ち着けたくて、アキラは道の隅に置かれた木箱の上に腰掛け、しばらく空を見上げていた。

すると前方から声が聞こえてきた。

阿夜と一緒にいた三人組だ。

反射的に、アキラは荷車の後ろに隠れた。

三人は酒瓶を片手に、人気の失せた通りを歩いていた。

「なあ、常闇(とこやみ)の任務が終わったら、オレらどうする？」

「なにが？」

「阿夜ちゃん、たぶん死ぬっしょ？　そしたらヒーラーいなくなんじゃん？」

「ああ、メンバーの話？　べつに死んでから考えればよくない？」

女が酒を呷(あお)りながら言った。

「案外、生き残ったりして」

もう一人の男が軽薄な表情で言うと、女は笑って首を振った。

「盲目のあいつが生き残れるわけないでしょ。死ぬのは確定よ」

「オレらもべつに助ける気とかないしな。あんなやつ見殺しでいいんだよ」

「そうそう」女が頷く。「ま、適当に時間潰して、あいつが死んだら棄権って感じでいいんじゃない？　初期報酬だけ貰えれば十分でしょ。余計なリスクは負いたくないもの」

「まあ、それが妥当な所だろうな」

アキラは耳を疑った。

いまあいつら、阿夜が死ぬって、そう言わなかったか……？

気づくとアキラは三人の前に飛び出していた。

男の一人が足を止める。

「お、さっきのガキじゃん」

瞬間、アキラは目にもとまらぬ速さで組み伏せられた。

地面に顔を押しつけられ、痛みで呻き声が漏れる。

「くそっ、離せよ……ふざけんなって！」

遅れて女ともう一人の男も近づいてきた。アキラは二人を見上げ、睨み付けた。

女はそれを冷めた表情で見下ろし、

「離してやんなよ。可哀想じゃん」

すると男はすんなり体から離れた。

どうして……。アキラは困惑しながら、ゆっくりと立ち上がる。

「別に――」女はしらけた表情で口を開く。「あんたに敵意はないし」

「そーゆーこと」男がヘラヘラしながらアキラの肩に手を置いた。「だから怖い顔すんなって。悪かったな」

「触んなよ」

アキラに手を振りほどかれ、男は傷ついたという顔をして後ろに下がった。

すると女がアキラに手を差し出してきた。

「自己紹介がまだだったわね。あたしはタリサ。阿夜とパーティを組んでる槍使いよ」

長槍を持っているから、役職の見当は付いていた。そこそこ稼いでいるのだろう。タリサは金髪を内側にカールさせ、質の良さそうな白いシャツを身につけていた。関節部や胸には真鍮だろうか――金色のプレートがあてがわれ、その上からスミレ色の薄手のマントを少しだらしなく羽織っている。下はだいぶ丈の短いスカートを穿いていて、白い足が剝き出しになっていた。スタイルは良い。顔も整っている。なのに、どこか不安定な感じのする女だった。目の下には薄らクマがあり、疲労の色も見えた。だいぶ酒臭い。そこに甘ったるい香水の匂いが混じって、アキラは咽せそうになった。少し、病んでいる感じがする。女は自暴自棄になってるようにも見えた。

アキラはタリサを睨みつけた。

「もうすぐ阿夜が死ぬって、どういう意味だ」

「……なんだ聞いてたの」

タリサがつまらなそうな顔で、差し出していた手を引っ込める。

「別に隠す話でもないわ」タリサは肩をすくめる。「ただあいつが、八日後、常闇の町に連行されるってだけの話だし」

「連行……？」

「任務に参加するって意味よ」タリサは含みのある表現を使った。

その任務は、傭兵たちの間では『常闇の任務』と呼ばれているらしい。

名前の由来は、常闇の町の近くで任務が行われるからという、実にありきたりなものだが、その呼称にアキラは物々しさを覚えた。

「で、そこに一緒に行くのが、オレたちってわけ！」

そして二人の男がにやにやと笑い出す。

なにがおかしいのか。アキラにはさっぱりわからなかった。

「それがどうして……死ぬなんて話に繋がるんだ？」

「だいぶヤバめの任務なのよ。あいつじゃ絶対生きて帰って来られないレベルのね」

「そうでなくとも」男も口を挟んでくる。「常闇の任務は、大規模討伐任務だしな」

「大規模討伐任務……？」アキラは思わず聞き返す。「それは、魔物を狩るのか？」

するとタリサが腹を抱えて笑い出した。

「ははっ、あたりまえじゃない。それがあたしらの仕事なんだから。ま、今回あたしらが狩るのは、もうちょっとダークな奴だけどね」

「何を、狩るんだよ……」

「ローランの森で発生しちゃった、ノスフェラトゥって魔物」

「ノスフェラトゥ……？」

「醜悪な魔物でさ。見境無く血を吸うの。繁殖力も高い。全滅させないとその土地が死ぬって言われているわ」

　タリサは脅かすようにワザと抑揚を付けた話し方をしてくる。

　実際それは効果覿面で、話を聞いたアキラの背中には嫌な汗が滲んでいた。

　そんなアキラの反応が気に入ったのか、タリサはにんまりと口端を上げた。

「難度は中の上。報酬も高額だから、近隣の街からも沢山傭兵が集まってくるわ。たぶんここ最近では一番の討伐任務になるでしょうね」

　そう言ってタリサは偉そうに胸を張った。

「でも所詮は中の上よ。中堅以上の傭兵なら死ぬことはないわ。でも阿夜は、ねぇ？」

　すると後ろの男二人が噴き出した。

「なにがおかしいんだよ」

「この任務はね、ルーキーの予想死亡率が八割を超えてるのよ」

「え……」

「あの子、まだレイザの屋敷暮らしでしょ？　二年も経つのに、まだ初心者の赤いローブを着ているのよ？　そんな落ちこぼれが参加したら……ぷっ、くく」

　タリサは目を見開いて、きゃはっ、と笑った。

その正気を失ったような表情に、アキラは恐怖を感じた。

「ね？　ヤバいでしょ？　あいつ、もう少しで死ぬのよ？　間抜けすぎるわよねっ？」

アキラは顔が青ざめ、言葉が出なくなった。

「阿夜は……」アキラは気圧されながら口を開く。「どうしてそんな任務に……」

「さあね」タリサは途端に冷めた表情になる。「答える義理なんてないし。自分で聞いたら？　てかさ——」

タリサが顔を近づけてきた。

「な、なんだよ」

「あんた、阿夜のなに？」

「た、ただの、友達だよ」

「はあ？　だってあんたまだ人間でしょ？　それ、ここに来たばっかかって意味じゃん。いつのまに仲良く——」タリサはそこで言葉を切って、目を見開いた。

「あんた、前の世界で阿夜と知りあいだったの？」

「すげえなおい……」思わず、後ろの男もそう漏らした。

「すっごーい」タリサがワザとらしく拍手した。「まさに運命、みたいな？　大事な人ってわけだ。じゃあさっ——」

タリサが口端を上げ、二人の男に合図した。

「あんたを傷つけたら、阿夜は悲しがるわけだ」

「な、なにを言って……」

アキラは恐怖を感じ、思わず後ずさった。

「つか、なんでそんなに阿夜を憎むんだよ……」

その発言がタリサの逆鱗(げきりん)に触れたことを、アキラは気づかなかった。

「なんで？　なんで……ああ、理由？　理由ね……」

タリサは底冷えするような低い声を出した。

「あいつは……、あたしの大切な人を、殺したの……」

「え……」

アキラは言葉を失った。同時に男たちがアキラの腕を掴む。

「だからあいつも同じくらい苦しめばいい」

タリサが言うと、男たちがアキラを暗い路地へと投げ飛ばした。

起き上がる間もなく腕をつかまれ、闇の濃い方へ、濃い方へと引きずり込まれていく。

「なっ、おい、やめろって……」

アキラはパニックになって藻掻(もが)いた。だが相手の力が強すぎてまったく動けない。

暗い壁の前で、男たちは止まった。

「な、なにを……する気なんだよ……」

震える声で訊ねるが、返事はなかった。

壁に何かあるのか。アキラは目を凝らす。よく見るとそれは壁ではなかった。壁に擬態するようにして、黒い扉が佇んでいた。

扉は異界に繋がってそうな物々しさがあって、取っ手が髑髏で出来ていた。

ぞっとした。本能的にこの中だけは嫌だと全身が拒絶していた。

タリサが笑いながら扉に蹴りを入れる。

「ね、二人とも、この血統、知ってる？」

「知らねぇよ。知るわけねぇだろ」男の一人が噴き出した。

もう一人の男がアキラを摑み上げながら、呟く。

「この世界には、土着の真祖ってのがいるんだ。太古の昔からいる、闇の血統と呼ばれる奴らだ。醜悪で、忌み嫌われ、日陰者とされている連中さ」

「ええと、なんて読むのかしら。狂王ニザリ？」タリサが言う。「いかにも闇の住人が好みそうな嫌な名前。超ドマイナー血統っぽいし、あんたここで血を貰いなさいよ」

まずい。アキラは焦って腕を振りほどこうと力を入れる。ダメだ、動けない。

男が乱暴に扉を開いた。

「はははっ！　達者でな！」

アキラを中に放り込む。

硬い地面に体を打ち付けられ、痛みで声が漏れた。

瞬間、蝶番が悲鳴の様な音を立てて閉まる。

真っ暗で、何も見えない。

「おい……嘘だろ……やめろって！」

アキラは焦ってドアノブをガチャガチャ回す。扉が、開かない。冷や汗がどっと溢(あふ)れた。鍵が掛かっているのか。ダメだ。まったく動かない。

「お願いだから出してくれ！」

「阿夜と関わるからよ」

「ふざけんなよ！　てか、お前ら本当に阿夜を見殺しにする気かよ！　そんなことしてみろ、絶対に許さねえからな！」

砕けるくらいの力で拳を扉に叩きつける。このままでは、まずい。まずいなんてものじゃない。アキラは全力で扉に体を打ち付けた。ダメだ、開かない。

「じゃ、あたしらは行くから。縁があったらまた会いましょ。精々、血統支部の奴らの言うことを聞くことね。闇の血統で反抗的な態度を取ると、殺されたりすることもあるみたいだから」

「この、野郎……ッ！」

もう一度、拳を叩きつける。

「開けろよ！　開けろって言ってんだろッ！」

笑い声が遠ざかっていく。アキラは扉を蹴飛ばした。パニックで頭がおかしくなりそうだった。真っ暗なんだ。マジでなにも見えないんだって。こんなの、あんまりだろ。

「開けてくれ！　開けろよッ！」

だめだ、人の気配がなくなる。

「出せって……出してくれよ……頼むから……なん、で……」

お願いだ。視界が無いんだ。本当に真っ暗なんだ。なんで、どうしてこんな酷いことするんだ。本当、何でもするから……やめてくれよ……。

でも、扉はどうやっても開かなかった。

「嘘だろ……」

闇の中で、呆然と立ち尽くす。

血の掟に支配された闇の血統に、アキラは閉じ込められてしまった。

†

闇が充満している。明かり一つない、まるで暗い穴の中にいるみたいだ。

中は部屋や通路とは違う空間が広がっていた。たぶん洞窟みたいな作りになってる。地下道なのか。階段らしき段差がある。でも殆ど何も見えない。足が竦んでいた。どうやって進めばいい。手に岩の感触がある。壁か。壁伝いなら？　それならなんとか行けそうだ。

暫く歩いていると松明が一つ、二つ、と見えてきた。

そして暗い廃墟のような円形状の空間に出た。石の祭壇みたいなのが真ん中にある。地面には砕けた石盤やらが散乱していた。地下墓所なのか。不気味だ。凄く不吉な感じがする。なんだこれ、めちゃくちゃ怖い。でも今更戻ることはできない。汗で体がびしょびしょだ。呼吸も荒い。心臓の鼓動が早鐘を打っている。

「何用か」

アキラは飛び上がった。後ろからだ。違う、前にいる。気配が複数ある。なんで。

黒いローブを羽織った老人が立っていた。眼窩が落ちくぼみ、骸骨みたいな顔をしている。やばい、怖すぎて声が出ない。

「……ここは、狂王ニザリの眷属が集う場である」

「……」

なんだよ狂王って。名前からしてヤバいだろ……。

「あの、俺……間違えて、だから、外に――」

「出来ぬ」

嘘、だろ。

だって望んで入った訳じゃないんだぞ。

なのにこんなのって……。

「ここは……」アキラは狼狽えながら訊ねた。「どういう血統、なのでしょうか」

「役職はアサシン、主に暗殺の血統と言われている」

「暗、殺……？」

思わず、うめき声が漏れた。回復系とほど遠いじゃないか。どうすんだよこれ。

ただ拒否権はあるのか？　さっきから奴が着ているボロボロの黒い外套の隙間で、銀の刃が煌めいている。返答によっては殺されたりするのか。ありそうだ。そもそもアキラを外に出すつもりはないとも言っていた。

「わかり、ました……」

死にたくない。その一心でアキラは同意する。

沈黙の時間があった。

あまりにも辺りが暗く、殆どの物が視認できない。ダメだ。本当に何も見えない。シルエットだけけだ。もの凄く怖い。老人が本物の骸骨のようだ。

「ニザリには誓約がある」

声が聞こえて安心して、同時に、頭を抱えたくなった。

闇の血統だからなのか。代償を支払うなんて冗談じゃない。血の気が引いていく。でも今更だ。この闇では逃げることもできない。

「堅苦しいことはない」老人は漸く血の通った声を出した。「我々ニザリの血統は暗殺教団に所属し、いついかなる時も、その招集に応じなければならない。それだけだ」

「任務みたいなものが……あるってことですか？」

「左様」老人は頷く。

ニザリの血族は、組織的な仕事にかり出されることがあるらしい。

それだけ言われると普通に聞こえるが、その内容は全くの謎だ。理解できたのは、全員参加であるとか。回数は多くないとか。その程度だ。

ただ、任務はそこそこ実力のある中級以上の血族が招集されるもので、アキラのようなルーキーには無縁だという。つまり、当面の間は安心ってこと？　それなら、我慢できるかもしれない。嫌だけど、耐えられないレベルの誓約ではない。

「くれぐれも掟は破るな。追っ手から逃げきったものは、一人もおらぬ」

「わ、わかりました……」

「手を出しなさい」

言われ、アキラは両手を差しだす。

闇の中、老人の前で跪く。老人がローブから枯れ枝のような手首を出した。

「真祖ニザリ、冥府の一統にして、始まりの一人、偉大なる母ニザールの名の下、新たな眷属をここに——」老人は自らの腕をナイフで切った。その滴る血を、手で受ける。両手に溜まる赤い液体は、温かく、そして脈動していた。生きているのだ。この血には生命が宿っている。ニザリの魂、意思、力が。

「口に含みなさい」老人が促す。アキラは目をつぶり、その温かな液体を口に流し込む。

血の味だ。鉄の味が口内に広がる。吐きそうだ。もの凄く気持ち悪い。こんなに大量の血を飲んだのは初めてだ。こみ上げてくるものを必死に抑え込み、呑み込む。涙が出てきた。

瞬間、

「お、ぇ……」

体がくの字に折れ曲がった。激痛が全身を駆け巡る。視界がぶれて、思わず叫び声を上げた。痛い、痛い痛い。体中の血管という血管に針が刺さるような。意識が――。

意識が混濁し、アキラはその場で蹲り、痙攣を起こす。

「血が落ち着くまでここで横になるといい。ニザリの子よ。次起きたとき、お前は人ではなくなっていることだろう」

老人はそう言い残し、闇の中に姿を消した。

†

井戸の底から引き上げられたかのように、アキラは意識を取り戻した。

上体を起こし、辺りを見回す。

「こ、ここは……」

たしかニザリの血統支部で気を失って……。

視界が明るい。だがここは、地下墓所のような空間だったはずだ。

光も差していないのに視界がやけにクリアに見える。

奇妙な場所だった。床には砕けた石盤や、倒れた円柱が積み重なっている。まるで廃墟だ。円形の室内は天井が高く、壁には、コロッセオの外観を彷彿とさせるような扉型の穴がぐるりと一周する形で空いており、それが何層にも渡って上まで続いていた。奇妙なのはその穴に至る階段がないことだ。そり立つ壁に空洞が、蛇穴のように羅列している。一体どのようにして、あそこまで登るのだろうか。

誰か、と言おうとして、声が出なかった。

「喉、が……」

喉がカサカサに渇いてる。唇もシワシワだ。体中の水分が抜け落ち、全身が干からびていた。水が飲みたい。アキラは急激な枯渇感に襲われ、水を探し床を這いずり回る。

すると何かが着地した。

女だ。女がアキラを見下ろしている。

冷たい目だ。彼女は左手に血瓶を持っていた。

「飲め」

アキラの口にそれをあてがう。アキラはためらいなくそれに吸い付いた。血だとかそういうのはどうでもよくて、なにか腹に入れないと死ぬと思った。そしてびっくりした。血は美味かった。本当に美味しかったのだ。血が美味しいだなんて馬鹿みたいだ。でも、アキラはそういう体になってしまった。

「ありがとう、ございます……」

「……」

返事はない。なんか無愛想だ。ただ、女吸血鬼は美しかった。顔の下半分は黒い布で隠れているが、それでも疑いようのない美人だ。黒髪は長く、さらさらとベールのように靡いていて、瞳は紫色をしていた。中東か何処かの王族のような気品がある。だがその服装はいささか扇情的だ。ぴたりと張り付くタイツのような衣装を身に纏っているので、如何せん体のラインが強調され過ぎている。正直、だいぶ直視しづらい。

「いや、そんなことよりも……」アキラは思い出す。

阿夜に危険が迫っている。そのことを一刻も早く伝えないと。

アキラは立ち上がろうとして、地面に転倒した。手足が思うように動かない。まるで自分の体じゃなくなったみたいだ。だからどうした。休んでいる暇はない。アキラは壁を使って何とか立ち上がる。すると全身から汗が噴き出し、目眩が止まらなくなった。

「血が定着するまでは、安静にしてろ」

嘔吐するアキラを見て、女は静かに忠告した。

アキラはそのまま崩れ落ち、床の上で仰向けになった。

まさか吸血鬼化しただけでこんなにも体が消耗するとは……。

「あの……」

「なんだ」

「俺……どれくらい、寝てたんですか」

「三日だ」

「嘘だろ……」アキラは驚いて女を見返したが、冗談を言っている風には見えなかった。

でもまさか、そんな……。

あまりにショックを受けていたからか、女がため息を吐いた。

「普通は数時間で目が覚める。だがニザリの血は副作用が強い。定期的に死者も出しているほどだ。お前も死ぬと思われていた。だからここに放置されていたのだ」

アキラは愕然とした。だが体調が悪すぎて抗議する力は湧いてこない。

女は、寝転ぶアキラにいくつか注意事項を言い渡した。

まず、血は人間のもの以外を飲んではいけないということ。

また五日以上血を飲まない場合、飢餓感に耐えきれず、正気を失い、死に至ること。

食事をしても吸血衝動は抑えられない。

だから長旅の時は血を携帯することが義務づけられているらしい。

聞きながら、アキラはぼんやりと天井を眺めていた。

やはり、視界がクリアだ。暗いはずなのに、天井のひび割れまではっきりと見える。五感が研ぎ澄まされているのだろうか。

「ニザリの血には、闇を見通す力がある」

振り向くと、女の空虚な視線とぶつかった。

「あと、体が柔らかくなる。これにより、足音を消したり、気配を隠せるようになる」

なるほどニザリにはそういう力があるのか。

「以上だ」

「え、それだけ……」

「不満か？」

「や、そんなことは、ないですけど……」

ただ思ったよりもだいぶ地味というか。

もっと凄い力が手に入ると思っていたので、拍子抜けしてしまった。

「ニザリは、力ある血統ではない。ヴァリスのような恩恵は期待するな」

そう言って女は踵を返す。

「ついてこい。装備を整えさせてやる」

「そうか、装備……」

女が隅の方にある扉をこじ開ける。

室内には武器や防具が、堆く山のように積み上げられていた。

「ここは、使わなくなった装備を捨てる部屋だ。ルーキーのうちは、ここから好きな物を持って帰るといい。ゴミ同然の物ばかりだが、探せばそれなりに使える物もある」

言われ、アキラは試しにいくつかの装備を手に取ってみる。

だが、どれも状態が劣悪で、明らかに耐用年数を超えた物ばかりだった。

それでも漁っていると、いくつかマシそうなものを発見できた。アキラはまず、密着性の高い黒いレザーアーマーを手に取った。元は茶色だったのかもしれない。経年劣化で革がだいぶ黒ずんでいる。だが前の持ち主が丁寧にメンテナンスしてたのだろう。カビが生えていたが、拭けば問題なく使えそうだ。

次に武器を物色してみるが、なぜか短剣しか見当たらなかった。

「ニザリは暗殺の血統だ。速度を重視するから、武器も軽めのものが多い」

ためしに一本拾い上げ、鞘から引き抜いてみたら、腐った鉄のような匂いがした。錆びて刃こぼれを起こしている。これは鍛冶に出さねば無理だろう。だが金がない。そう伝えたら地面に転がっている砥石を指差された。自分でやれってことか。まあ、それしかないか。

アキラは、計四本の短剣を研いだ。それを腰のベルトに装着する。

その頃には体の方もだいぶ楽になっていて、アキラはすっくと立ち上がった。

女吸血鬼は出口へ向かうアキラを呼び止めることはしなかった。

ただ暫くしたらまた支部へ行かねばならないらしい。そこでアキラは正式に上級血族と師弟関係を結び、詳しい力の使い方などを学んでいくそうだ。よくわからないが、魔物と戦う前に一度は行っておくべきだろう。

†

アキラは夜の街を駆け抜け、レイザの館に辿り着く。

扉をノックすると見知らぬ女の子が顔を出して、すぐ阿夜を呼んでくれた。

阿夜が杖を突きながら階段を降りてきた。少し表情がぎこちない。当たり前だ。会う約束をしていたのに、三日も音沙汰がなかったのだ。

「もう、こないのかと思った」

「ごめん……」

「なにか、あった？」

「話が、あるんだ」

語調で深刻さを感じ取ったのだろう、阿夜は苦笑した。

「それって、いま聞かなくちゃいけない？」

「えっ……」

「わたし、あまり重い話とかしたくないんだけど。アキとは普通の話が、したいかな」

「でも――」

「そうだ、これからご飯いかない？　お腹減ってない？　わたし良いお店知ってるよ？

久々に会った記念に乾杯とか？」

阿夜が笑って、玄関に向かう。

「阿夜、頼むからさ……」

アキラが阿夜を引き留める。阿夜は顔を背けたまま、こっちを向こうとしない。何かを感じ取っているのは明らかで、でも言わないわけにはいかなかった。

「……もうすぐ死ぬって、本当なのか」

阿夜の体から力が抜けるのがわかった。

「誰から聞いたの」

「タリサから……お前が、危険な任務に行くって」

「そっか」

阿夜が小さく笑った。どうして笑うのかアキラにはわからなかった。

「ねえ、それより二人でどこか行こうよ」

「それどころじゃないだろ……なに言ってんだよこんな時に」

「こんな時だからだよ。どうせ死ぬなら、残りの時間くらい楽しく過ごさせてよ」

「何があったんだよ」

「言いたくない」

「なんでだよ……ちゃんと話してくれないとさ」

「どうして？　嫌だって言ってるのに、強要しないでよ」

そう言って阿夜はアキラから離れようとする。

「逃げんなって」

「手を掴まないでよ！　痛いじゃない！」

「ご、ごめん……でもお前が逃げようとするから」

「……」

阿夜は俯いたまま、無言で立ち尽くしている。

どうして黙ってるんだよ。

「話してくれよ……俺にできることなら、なんでもするから」

「なんでもって……随分と無責任なこと言うんだね」

阿夜が嘲笑する。

「それに、言ったらアキ、絶対失望すると思うから……」

「失望なんてするわけ——」

「わたしが、人を死なせてたとしても？」

「え……」

「死なせたのは、タリサの親友」

「……」

言葉を、返せなかった。

失望はしていない。ただ、思ったよりもショックだった。タリサの言っていたことは本当で、阿夜は彼女の大切な人を死なせていた。

沈黙が続いてしまった。早く、何か返さないと。でも言葉が見つからない。

だがいつまで経っても聞こえてこないアキラの声に、次第に表情を曇らせていく。

阿夜は手を強く握りしめたまま、判決を待つ罪人みたいにアキラの言葉を待っている。

秒を追うごとに重くなっていく空気に、二人とも押し潰されそうになっていた。

「め、目が見えないのに傭兵なんかになるからだよねっ」

耐えきれず、阿夜は震える声でそう言った。

「ま、守れないのにヒーラーなんかになってさ。でも、この世界で生きて行くには、それしか方法がなくて……」

　阿夜は、殆ど泣きそうな顔でアキラの方を向いた。

「吸血鬼になる時もね、色々相談した結果、戦闘は不可能だと判断されて、だからヒーラーの血統を紹介されたの。でも、それも結局、意味はなくて……」

　杖を持つ阿夜の手が震えていた。

　そして、ぽつり、と。

「どうして、こんなことに、なっちゃったんだろ……」

　阿夜の頬に涙が伝う。

「せっかく会えたのに、ごめん……」

　阿夜は俯きながら、震える手でアキラの袖を握った。

「わたしは、タリサの大切な人を、死なせた……」

「……」

「取り返しのつかないことを、してしまったの……それであの子、ボロボロになって……わたしのせいで、全部……」

　アキラを摑んでいた阿夜の手が、力なく垂れ下がる。

　そして白状するように、

「わたしね、もうずっと、ちゃんとした任務に就けてないんだ……あたりまえだよね。目の見えないわたしとパーティを組んでくれる人なんて、いるわけないし」

でもね、と阿夜はアキラに笑いかける。

「それは許されない事なんだって。吸血鬼の掟に反するんだって。だからレイザの偉い人が来て、わたしに言ったの。役目を果たさないお前は、ペナルティを支払わなければならないって」

「まさかそれが……その任務に参加するってことなのか?」

たぶん、と阿夜は頷いた。

常闇の任務のような大規模討伐任務は、人員確保のため、各血統から数人ずつ優秀な吸血鬼を派遣する決まりになっている。

だが今回、レイザが選出したヒーラーは、阿夜だった。

「体の良い厄介払いってことでしょうね」阿夜は苦笑する。「わたしが死ねば、これ以上血統の評判も落とさずに済むもの」

「笑いながら言うなよ……」

「笑わないと、やってらんないよ。こんなの……」

阿夜はため息交じりにそう言って、微笑んだ。「でもよかった……」

「よかった……?」

意味がわからず、アキラは聞き返した。

すると阿夜は口元を緩め、嬉しそうに微笑した。

「最後に神様が、アキと会わせてくれた」

　なんだよ、それ。

「アキ、わたしね、いまの時間を無駄にしたくないの。もうわたしにはあまり時間が残ってないから。だから最後くらいあなたと——」

「やめてくれよッ！」

　アキラは後ずさっていた。

「アキ……」

「なんだよ、それ……ふざけんなって……」

「ア、アキ……？」阿夜が動揺して、アキラの頰を触る。「な、泣いてるの？　ご、ごめんなさいっ……そんなつもりじゃなかったの。わたしのせいだよね、ごめん……」

　なんでお前が謝るんだよ。

「なにか、方法は……」アキラは涙をぬぐう。「あるだろ。方法が……例えば任務を放棄するとか、罰則金とか払えば免れられるとか」

　阿夜は首を振った。

「じゃあ逃げればいい。逃げよう。二人で。どこか遠い街に行って——」

「無理よ。現実的じゃない。それに任務を放棄すれば、追っ手が掛かって殺される」

「じゃあどうすればいいんだよ！」

「……」

「ご、ごめん……大声を出すつもりはなくて。でも、さ……こんなの、ないって」

「ごめんね、アキ……本当、ごめん」

だから、謝るなよ。頼むからさ……。

「こんな風になるなら――」阿夜が悲しそうな顔をした。「わたしたち、出会わない方がよかったね……」

一番会いたかった人に会えたはずなのに。

「二度もお前を……死なせたくない」

頼むよ、何か、あるだろう。方法が。

「……ごめんね。でも、他に方法がないの」

「でも……」

「いい加減にしてよ。ないんだって！　そういうところ、ホント直ってないよね。なんかもう、うんざり。アキなんか大嫌い。会って再確認した。もう顔も見たくない。だから、いますぐ消えてよ」

「そんな安い挑発に乗ると思うか？」

「だよね」阿夜が舌を出して笑う。

「ふざけてる場合じゃないだろ」

「ねえ、アキ」阿夜が真面目なトーンで言う。

「なんだよ」

「今からでもいいから、わたしのこと、忘れてよ」

「そんなこと、できるわけないだろ」

「どうして？　また拒絶すればいいだけでしょ。あの雨の日みたいに」

「あの時のは――」

「わたしのこと邪魔だと思ってたんでしょ？　だから一緒に行かなかったんだよね」

「ち、違うよ、あれは色々忙しくて――」

「面倒くさくなった？　やっぱりアキにとってわたしは重荷だったんだ。なら、もう解放してあげるからさ、いますぐ消えてよ」

「だから違うって！」

「違わないでしょ。ねえ、もう止めない？　言い争いにも疲れたの。最後くらい、穏やかに過ごさせてよ。ねえ、もういいでしょ。わたしを解放してよ……」

「なんだよそれ――」

しかし阿夜は、アキラの言葉を遮って口を開く。

「わたしさ、アキといるの、本当に辛くてさ。前の世界でも、いつか見捨てられるんじゃないかってずっとびくびくしてたんだよね。だってほら、わたしって色々足りてないでしょ？　同世代の女の子と比べて、どうなのかなーって。自分じゃ顔の良し悪しもわかんないし。なんかアキに与えられてる物あるのかなって。でも考えてもなにもなくてさ」

「顔は……そう悪くないって」

「ははっ、なにそれ、やめてよね。お腹痛い」

阿夜は泣きながら高笑いする。

「それでもわたし、普通に見られたくてさ。馬鹿みたいに見栄張ろうとして、化粧とかも、全然自分じゃできないのに、笑えるでしょ？　……てか、ほんとわたし、できないことばかりだね。でもさ……」

できるだけ、近づきたかったんだ。

手を引かれるだけの存在ではなく、あなたの隣を歩きたかった。

ずっとそう思っていた。

「面倒くさい女って思ったでしょ」

でも、と阿夜は思う。

「もしそうなれてたら、わたしたち、もっと長く一緒にいられたのかな」

どうだろう。そうかもしれない。

でもそうはならなかった。

阿夜は自分で吐いた言葉に傷ついて、それでも話すのを止めなかった。

「もう、わたしといなくていいんだよ。ここからいなくなっても、恨んだりしないよ」

「他に……」アキラは阿夜の言葉から逃げるように口を開く。「メンバーはいないのか。任務で生き残れるように、強い仲間を集めて。それこそタリサ以外の――」

阿夜は首を振った。

「タリサたちと組んでいるのは、他に組んでくれる人が見つからなかったから。人を殺した盲目のヒーラーとなんて誰も組んでくれない。だからレイザは報酬を用意してまで、わたしと任務に同行してくれるメンバーを募ったの。それで来たのが、あの三人。言われなくたってわかってる。タリサにわたしを助ける気なんてない。たぶん復讐のためにわたしの前に現れただけ。たぶん報酬をもらったら、わたしを見殺しにして任務も放棄する。それでもわたしには、あの人たちしかいない」

「なら俺が！　俺が阿夜と一緒に――」

「それだけは、絶対にダメ」

「どうしてダメなんだよ」

「わからないの？」

「わかんねえよ……お前が何を考えてるかだなんて、全然わかんねえよ！」

　すると阿夜は苛立った声を出した。

「この任務のルーキー死亡率をわかってる？　八割を超えてるのよ？　昨日今日吸血鬼になったアキが帰ってこれる可能性は、万に一つもないの。わたしよりも弱いくせに出しゃばらないでよ。一緒に行っても負担が増えるだけで、邪魔にしかならないの」

「でも、お前だって生きて帰ってこれないんだろ……」

「そうね。でも二人で死ぬことに何の意味があるの？　死ぬのはわたし一人でいいのに。無意味に増やしてどうするの？　馬鹿じゃないの……」

「でも……」

「二人の友達はどうするの？」

ミユキチと、八尾谷……アキラは、はっとして阿夜を見る。

「一緒にパーティを組むはずじゃなかったの？」

「それは……」

「じゃあ、二人のお友達を巻き込む？　任務の難易度はわかってる？　全員死ぬわ。また誰かを死なせるの？　わたしの時みたいに？」

何も答えられなかった。

「じ、じゃあ……」

「なに？　他になにかあるなら教えてよ」

「……っ」

何もなかった。

「じゃあ、誰がお前を助けるんだよ……」

アキラにはミユキチと八尾谷がいる。

でもお前には誰もいないじゃないか。

阿夜はため息交じりに笑う。

「ほら、元の場所に戻って。仲間の元に帰るの。わたしの物語はここで終わりだけど、あなたの物語は、まだ始まったばかりなんだから」

ね？　と言って阿夜は微笑む。

「だから、わたしのことは忘れて下さい」

気がつくと朝日が昇っていた。

慣れない体で動いたせいか、アキラは談話室のテーブルで気を失っていた。

目覚めた時、阿夜はいなかった。

全てが夢であればいいのにと思った。

テーブルの上に、銅貨が数枚、置かれている。

こんなことされても、何も嬉しくない。

阿夜は日雇いの任務に出ていったらしい。

アキラはテーブルの上に俯した。どうすればいい。わからなかった。考えようとするだけで胸が張り裂けそうになり、涙が溢れた。

力がないのに。

助けたい人ができてしまった。

「……残酷だよな」

アキラは弱くて、力も才能もなくて、魔物との戦い方だって知らない。

高難易度の任務に参加すれば、すぐ死んでしまうような素人だ。

本当に阿夜の言う通りだ。なにもかも彼女が正しい。

それでも阿夜を助けたかった。

「……ッ」アキラはテーブルに拳を叩きつけた。

「うっさい」

ぎょっとして顔をあげると白いローブを着た小さな女の子が立っていた。

「ご、ごめん……」

「本当よ。そもそもここ、男子禁制なんだけど」

「そう、なの……？」

「そうよ。だから、昨日からレイザの屋敷ではあんたの話でもちきり。まさか阿夜に恋人がいたなんてね——」

「こ、恋人……？　いやっ、違うから！」

「そうなの？　ま、どうでもいいけど」

彼女は小さくため息をついて、皿に盛り付けた肉と卵、パンを食べ始めた。

「あんたも食べる？」

アキラは首を振った。空腹のはずなのに、食欲がまるで湧かなかった。

少女はガツガツと食べ物を口へ放り込んでいく。放り込みながら、

「今回の討伐任務のルーキー死亡率は八割よ」

「え？」

「二割は生き残るわ。確実に死ぬってわけじゃない」

どういうことだろう。アキラは顔を上げた。

「別に、自殺幇助をしようってわけじゃないわ。ただね――」

少女は目も合わせず、牙で肉を乱暴に引きちぎる。

「あの子は、毎日死の恐怖に怯えてた。でもあんたが来てからは、少しだけ笑うようになった。あの子がまた笑う日がくるだなんて、思いもしなかったわ……」

ごくっと喉を鳴らし、少女はアキラを睨み付けた。

「なのにどうして、あんたは助けようとしない」

「だってあいつは俺のこと、足手まといだって――」

「それは大切な人を守るために突き放しただけだろ。そんなこともわからないのか」

「わ、わかってるよ……そんなこと、俺だって、わかってんだよ！」

「なら死ぬ気で守れよ！」

少女が身を乗り出し、ぐいっとアキラの胸ぐらを摑む。

「あんた本当にわかってんの？　あの子、もうすぐ死ぬのよ！　そしたら、二度と会えなくなるのよ！　なのに、なに諦めてふて腐れてんの？　本当に大事なら、命くらい賭けなさいよ！　二割もあるなら死ぬ気で生き残ってみせなさいよ！　男だろうがッ！」

呆然とするアキラを見て、少女が「なによ」とふて腐れた声を出す。

「別に、弟子を思いやる気持ちくらい、普通でしょ」

「で、弟子……？　キミは、ここに住んでる子じゃないの？」

「ばっ、あんた、あたしのローブの色見なさいよ。純白よ⁉　ルーキーの赤とは全然違うでしょうがっ！　あたしはカタリナ。レイザの上級血族で、あの子の師僧よ！」

嘘だろ、という顔をしてたら杖で頭を小突かれた。

「目を掛けてたからね……」カタリナが物憂げな表情で頬杖を突く。「筋も悪くないし。それなのに、不慮の事故で変な噂が立ってさ……誰も組みたがらなくなっちまった」

「不慮の事故……？」

「詳しくは阿夜を助けてから聞きな。あいつは人殺しなんかじゃない。むしろ悪いのはタリサとかいう性悪女の方よ。あいつのせいでこんなことになったんだから」

まだ、何かあるということなのか。

「メンバーが集まらなかったから、何とか上に掛け合って金まで出させたのに、来たのはロクでもねえ輩ばっかだし……よかれと思ってやったけど、あれは裏目に出たわね」

カタリナはブツブツと言いながら、アキラを見上げる。

「あたしは、あんたみたいな奴が現れるのを、ずっと待ってた」

「お、俺……？」

「阿夜を救うの。ここで動かなかったらあんた、絶対に後悔するわよ」

†

日雇いの任務を終え、阿夜を含めた四人は、街を歩いていた。

少し前に晩鐘の音を聞いた。繁華街の酒場からも陽気な声が漏れているので、すでに日は落ち、街は夜の装いになっているようだ。

阿夜は、杖を突き、壁を触りながら、必死に三人の後を追う。

「遅(おせ)ぇぞ、阿夜」

「ご、ごめんなさいっ。階段が多くて……」

必死に頭を下げるが、タリサと二人の男は、速度を緩めてはくれなかった。

だから阿夜は必死に追いつこうと足を速め、段差に躓(つまず)き転んでしまった。

「痛っ……」

しかし三人はそれを無視する。

「ま、まってっ……」

すると男が振り返り、醜悪な笑みを浮かべる。

「なんでお前のために待たなくちゃいけないの？」

「え、それは……」

言葉に詰まると、忍び笑いが起こった。

冗談、ということだろうか。

阿夜は、ひきつった表情で、愛想笑いを浮かべた。

するとタリサが「なに笑ってるの？　気持ち悪い」と阿夜を罵る。

でもそれはいつものことだ。阿夜は我慢する。

それよりも気になることがあった。

「三人とも、どうして急にパーティの申請を……？　昨日までは乗り気じゃなかったのに……」

すると三人はまた忍び笑いをした。

よくわからなかった。阿夜の知らない何かがあるのだろうか。

「ま、いいじゃん？　オレらも、早くパーティ決めちゃいたいわけ。ついでに金も早く欲しいし。さっさとレイザの教会で手続きしてこようぜ」

「……う、うん」

「いつまで転んでんの。はやく起きなさいよ」

タリサが転んだままの阿夜の所へ行き、杖を蹴った。

杖が階段を転げ落ち、下の方で止まる。

阿夜は蒼白になり、タリサに助けを求めるような表情を浮かべた。

「……なに？　見ないでくれる？」

「つ、杖が……どこにあるか、知りたくて」

「なんであたしが教えなくちゃいけないわけ？」

「で、でも……」

「ねえ、名ばかりヒーラーさん。あんた、あたしに物頼める立場だと思ってんの？　人殺しのくせに」

阿夜は唇を噛み、俯く。

言い返さない阿夜を見て、タリサは奥歯をぎり、と噛みしめた。

「なんとか言いなさいよ！　ねえッ！」

阿夜は小さな声で「ごめんなさい」と言い、尻餅をついた状態で這うように階段を降り、杖を探し始める。しかし見当違いの方向を漁っているのだろう。男二人の失笑が耳に届く。

「ま、いいけどね」タリサが冷めた口調で言い、杖を拾いに階段を降りる。しかし首をかしげて足を止めた。「なにここ、松明の炎、消えてるじゃない。暗くて最悪なんだけど」

そうなのか。阿夜は気がつかなかった。

「つーか、他の火も消えてんじゃねえか。適当な管理しやがって」

男の一人も悪態をついた。

「ほら」

タリサが戻ってきて、杖の尖った方で阿夜の体を突く。

「お礼は？」

「あ、ありがとね、タリサ」

「気安く呼ばないで」タリサが憎々しげに阿夜を見下ろす。「あと一緒に任務行って欲しいなら、今から貰う報酬、あんたの取り分も、あたしらによこしなさいよ」

「……う、うん、わかった」

男二人が顔を見合わせ、ガッツポーズを取った。見えない阿夜の前ではどんなアクションを取ろうと、バレることはない。そう思っているのだろう。阿夜は力なく笑った。見えずとも、感じることはできる。空気の感触や、息づかい。男たちの微かな含み笑いも、阿夜は全部把握している。

でも、報酬のことはどうしても納得がいかない。今日の任務だって、ゴブリンから積み荷を守るという簡単なものだったが、一人は負傷して、阿夜はしっかりと彼を治療している。ちゃんと役に立っているはずなのだ。でも、誰もそう言ってくれない。やはりミスがあったのだろうか。だとしたら一体どこがダメだったのだろう。いつもはそんなこと気にならないのに、今日の阿夜は無性にそれを確認したくなっていた。

「なにその顔。さっさと立ち上がって歩きなさいよ！」

「……っ」

杖を投げつけられ、阿夜の頬に当たる。地面を転がる杖を、何とか音を頼りに探り当て、ゆっくりと立ち上がる。でも、なぜか足が動かなかった。

「あ、あれ……」

気づくと涙がぼとぼと流れ出していた。

頑張っても頑張っても、自分の扱いは変わらなかった。

でもそれは頑張りが足りないからだ。自分は、生まれつき色々と足りていない。だからもっと頑張らなくちゃいけない。そう言い聞かせ、ずっと耐えてきた。

だが、もうすぐ阿夜は死ぬ。

その頑張りは、なんの意味もなかったのだ。

そう思った瞬間、心が折れて動けなくなった。

「ぼうっと突っ立ってんじゃねえよ」

「歩くの遅ぇんだよ」

乱暴に腕をつかまれ、悲鳴が漏れた。すると男が「へへ」と下卑た声を漏らす。

阿夜はそのまま引きずられながら、階段を上らされる。

何度も転びそうになって、怖くてたまらなかった。涙が溢れた。

「てか、なに？」タリサが道の先を見ながら、声を荒らげた。「上の明かりも全部消えてるんだけど――」

瞬間、タリサが倒れた。

阿夜は闇の中で何かが降り立つのを感じた。

そして刃と刃がぶつかり合う音。

「くそっ、斬られた！」

「おいっ、暗くて見えねえぞ！」

リーダー格の男だけは辛うじて相手の剣を受け止めたようだが、阿夜には何が起こっているのかまったく把握できなかった。襲撃か？　この男たちも大概、人に恨まれていそうだし、あり得ない話ではないと思った。それにしても襲撃者は独特な体重移動をしている。地面を這うような、歩き方に不思議な浮遊感があった。

また足音が消えた。さっきから出たり消えたりしている。意図的に？　それにしては随分と断続的だ。風を切る音がして男が苦悶の声を漏らした。どこか刺されたらしい。これで二人が戦闘不能になった。

阿夜は静かに杖を構え、敵の気配を探る。

後ろか。阿夜は急いで振り返り杖を振るおうとして、しかし影は、すっと姿を消した。

阿夜を攻撃する意思はない？　なぜだろう。

「てめぇ、あの時のガキか……」

リーダー格の男が大剣を引き抜いた。

†

男は反転しながらアキラを斬り裂いた。

アキラの体から血が飛び散る。痛みで視界が明滅した。

だがアキラはわりあい冷静だった。もとより避けられるとも思ってなくて、そもそも避け方も知らないのだが。だからさほど驚かなかった。だいたいアキラとこの男の間には大きな実力差がある。無傷で勝てるなどとは、はなから考えていない。

呼吸を止め、アキラは闇の中に気配を沈めた。

音を消し、霧散するかのように後方へ跳躍する。すると追撃する男の動きに迷いが生じた。アキラを見失った男の剣はそのまま空を切った――違う。

「油断してんじゃねぇよバァァアカッッ！」

男が刀身を地面に叩きつけた。瞬間、鈍い衝撃がアキラの顔面を貫く。

視界が明滅した。破砕された石の破片が当たったのか。額から温かな血が溢れ出す。アキラは堪らずよろめいた。すると男が笑った。

「恨むなよ」

体勢を崩した所に暴力のような一撃を叩き込まれる。これは避けられない。

そう悟った瞬間、アキラは男の振り下ろす剣に向かって突進していた。

「ははッ、死ぬ気かよ……ッ！　いいぜ、おもしれぇ！　やってみろよッ！」アキラは引かなかった。

男の刀身がアキラの左腕を叩き潰す。男の胸元から血が溢れ出し――ダメだ、浅い。そのまま短剣を振り下ろす。血しぶきが男の顔を汚し、
アキラは奥歯を噛みしめながら後方へ、男の間合いから離れた。

そのアキラが動いた動線上に、血痕が続いていた。左腕が上から下まで、ばっくり斬り裂かれていた。ドクドクと脈打ちながら、血が地面に滴り落ちていく。

風を感じて顔を上げると、男が大剣をフルスイングしていた。

痛みに気を取られ、反応が少し遅れた。

ただ遅れずとも、避けられたかどうか。

それほどに無駄のない美しい剣筋だった。

この男はこの男なりに沢山の訓練を積み、場数を踏んできたのだろう。昨日今日で吸血鬼になったアキラなんかとは格が違う。それでもアキラは執念で短剣を合わせにいった。そして短剣が大剣と触れあった瞬間、短剣が、ガキン、と音を立てて砕け散った。そのまま男の大剣がアキラを斬り裂く。

血をまき散らしながら地面を転がる。しかしすぐ立ち上がる。止まれば死ぬからだ。絶望の表情を刻みながらもアキラは迫り来る大剣を何とか受け流し、逃げるように距離を取る。血で滑る手で短剣を構え直し、迎撃態勢を取る。だが短剣を握る手が小刻みに震えていた。息が、吸えない。恐怖でアキラはパニックに陥っていた。

落ち着け。

まだ動けるだろう。足も無事だ。右手も使える。全身傷だらけだが、言うほど戦闘不能ってわけでもない。だが左腕はダメそうだ。ズタズタで使い物にならない。身体を動かす振動だけで顔を顰めそうなほどの激痛が走る。

勝てるのか。この状況で。可能性は。

アキラは深呼吸した。

考えろ。

雑魚のアキラでも勝てる方法を考えるのだ。

男の武器は大剣だけで、予備の武器は持っていない。

それでいて軽装だ。任務後に着替えたのか、鎧は着ていない。だから攻撃が当たりさえすれば勝機はある。ただ装備がないぶん、敏捷性は増していそうだ。あの怪力からすると血統はヴァリスか。短剣は残り三本。手に二本、ベルトに一本だけ残っている。打開策は、ぱっとは思いつかない。少し打ち合って様子をみるか。無理だ。あの大剣は短剣でそう何度も受けていいものではない。先ほど短剣を砕かれている。装備の質が悪いのだ。だから持久戦になれば、間違いなくアキラは負ける。短期決戦しかない。

次の一撃で決める。覚悟を決め、アキラは短剣を構えた。

奴はまだ動かない。出方を窺っているのか。

男がにやり、と笑った。来るならこい、そういう顔だ。たいした余裕だよ。万に一つも自分が負けることはない。そう思っているのだろう。実際その通りで、アキラはこの男より何段階も劣っている。ならば、そんな所で笑ってないで、さっさとアキラを殺せばいい。どうした。はやく来いよ。来ないならこっちから行くぞ。

足音を消し、闇に紛れ、地面を這うように、全速力で男に突っ込んだ。

男は一瞬だけアキラを見失った。だがすぐに捕捉された。男はアキラを叩き潰そうと剣を振り下ろす。瞬間、アキラは短剣を投擲した。

男の表情に動揺が走る。繰り出そうとしていた一刀をとめて、剣の腹でそれを弾いた。

アキラは跳躍した。空中でベルトから短剣を抜き、そのまま男に飛びかかる。男が焦って剣を振るった。アキラは避けなかった。負傷した左腕に剣がめり込む。痛みで息が吸えなくなった。だが死ぬほどではなかった。ズタズタの左腕で男の胸ぐらを掴み、体を引き寄せる。男が何かを叫んだが、どうでもよかった。

突き刺す。

男から苦悶の声が漏れた。

痛いか？　馬鹿だな、油断してるからだ。見下してるからそうなるんだよ。

「てんめぇ……ッ！」男が叫びながら剣の柄をアキラの頭部に叩きつけた。アキラの額から温かな液体が流れ落ち、視界がぐらり、と揺らいだ。でも手は離さない。食らいつくように男の胸ぐらを摑み、短剣を強く握りしめもう一度——

男の体から力が抜けるのがわかった。

「クソ、が……」

男は弱々しく呻きながら、苦し紛れに剣を振るった。だがアキラはすでに男から離れ、後方へ跳躍していた。だが着地と共にアキラもその場に崩れ落ちた。でもすぐに立ち上がった。男は立ち上がれない。だからアキラが男を見下ろす形になった。

男は腹部を押さえながら、憎々しげにアキラを見上げる。

「……こんな戦いに命、賭けてんじゃねえよ……頭おかしいんじゃねえか……」

かもしれない。でも、これくらいやらないと勝てなかっただろ。

そのくらいに、アキラと男の間には実力差があった。

だがこれでわかった。

命懸けでやればアキラ程度でも、こいつらと渡り合う力はあるのだ。

だから、

「阿夜……」

彼女の方に振り返る。

だが続きの言葉が出る前に、アキラの身体が傾く。

「どうして……」

そのアキラを、阿夜が抱きかかえた。抱えながら、阿夜は治癒魔法を唱える。

蒼光（そうこう）がアキラの体を包み込む。

「馬鹿じゃないの……」阿夜が弱々しく吐き捨てた。

自分でも、そう思うよ。

でも、他に方法が思いつかなかったんだ。

「どうして、こんな……」

「たぶん、足りないと思うんだ」

アキラは阿夜に笑いかけた。

「え、なに……？」

「常闇の任務に行くには――」

アキラは痛みを堪えながら何とか笑顔を作る。

「経験も、実力も……でも、これが今の俺の精一杯で……」

でも、

「何とか、これで我慢してほしいんだ。一応、三人は倒せただろ……これなら、足手まといには、ならないと思うんだ。だからさ、頼むよ、阿夜——」

アキラは阿夜の服を摑む。

「俺を、置いてかないでほしいんだ……」

阿夜の肩から力が抜けた。

「そんなことのために……」

「馬鹿、だよね……」アキラは苦笑した。

それでも証明したかったのだ。

強くなくても、阿夜を守れるということを。

つくづく不器用だと思うよ。泥臭いし、かっこよくもない。でも、それがアキラなのだ。平凡で何もない、普通の人間。でもアキラは無力じゃない。必ず役に立ってみせる。

だから——

「ふざけてんじゃ、ねえぞ……」

もう一人の男が、立ち上がった。

「人をコケにしやがって——」

男が駆け出し、横たわるアキラを、阿夜諸共、斬り伏せようとする。

その剣を巨軀（きょく）の男が受け止めた。

焼けた肌、少し柄の悪そうな顔の、でも大剣を持っていて——。

「や、八尾谷……？」

「おうよ」

「アキラくん大丈夫っ⁉」

ミユキチもやってくる。

「なん、で……二人とも……」

「それはこっちのセリフや。なんや音がする思って来てみれば……なにしとんねんお前は。ほんでこいつらは、なんやねん。おいこらなに見とんねん、シバくぞおら」

気がつくと、戦闘の音を聞きつけた街の人間が、ぞろぞろ集まってきていた。

「なんなの、こいつら……」タリサが瞳を揺らしながら後ずさる。「なんで皆、こんな奴を助けようとするのよ……」

「おい、タリサ……」男の一人が警告する。「さすがに逃げねえと……」

タリサは辺りを見回し、舌打ちした。

三人が闇の中へ消えていく。

そしてその場には、横たわるアキラと阿夜、八尾谷とミユキチだけになった。

暫くして、

「本当は――」

座り込んだままの阿夜が、ぽつりと呟いた。

――ずっと、言いたかった言葉があった。

でも吐き出せる相手がいなくて、それを言う資格もないと思っていた。

でも、いまは違う。

阿夜は涙を拭い、アキラの方を向いた。

「生きたい……」

アキラは小さく頷いた。

「まだ死にたくない……もっと、生きていたい……」

でも、と阿夜は涙を拭う。

「そのためにアキを巻き込むことが、どうしても正しいこととは、思えなくて……」

「いいんだよ、巻き込んで」

アキラはためらいなくそう言って、阿夜に笑いかけた。

「――だって俺たち、友達だろ?」

先に待つのが悲劇だっていい。

アキラはただ、阿夜の側にいたいだけなのだ。

だから、変に責任とか背負い込まないでほしい。

任務だって、必ずアキラが何とかしてみせる。絶対に、守ってみせる。だから、

――一緒に、正しい道に戻ろう。

阿夜の物語は、まだ終わってなどいないのだから。

血を流しすぎたのかもしれない。意識が朦朧としている。

アキラはゆっくりと目を閉じた。

阿夜は静かに微笑み、アキラの頭を撫でた。

そしてそれを見させられているミユキチと八尾谷は、というと。

「なんか事情がありそうだけど……」ミユキチが頰を掻いた。

「あれか、アキラお前、こっちの世界でさっそく女ひっかけとんのか。やるやんけ」

「え、そうなの!? アキラくん最低！」

「そんなわけないだろ……」

なんでそうなるんだよ。

思わず苦笑が漏れて、でも安心したのかな。

視界が暗くなった。

†

目覚めるとベッドの上にいた。

ベッドなんて何日ぶりだろう。ふかふかだ。でもどうしてベッドなんかに……。まさか
これまでの事が夢だったなんてことは——ないよな。八尾谷とミユキチが覗き込んでいる。

「よう」八尾谷が脳天気な声で笑いかけてくる。

「ここは……」

「レイザの屋敷だって」ミユキチが答えた。「ここは、阿夜さんの部屋」

「ああ、なるほど……」

「なにがあったか、話してくれるわよね？」

少し長くなる。そう言ってから、アキラはいままでのことを打ち明けた。

話をするうちに、ミユキチと八尾谷からどんどん表情が消えていって、アキラは色々申し訳ない気持ちになった。

「だから、ごめん……ヒーラーには、なれなかった」

「ばっかじゃないの⁉」

「あほか」

八尾谷がアキラの頭をぱしん、と叩いた。

「てか、どうして戻って私たちに相談しなかったのよ……」

「それは、巻き込みたくなくて……」

「仲間ちゃうんかい」

その言葉は、思ったよりも深くアキラの胸に突き刺さって――。

「自分勝手に行動しないでよ。本当に心配したんだから。急にいなくなって、もう死んだんじゃないかって……」

「ごめん……」

「もう一人で行動しないでよね。するならするで、ちゃんと相談して」

「……わ、わかった」

「ほんで」八尾谷がため息交じりに訊ねる。「お前は、その子を助けるんか？」

「……」

「常闇の任務は、ルーキー生存率が二割を切ってるんやろ。死ぬでお前」

「でも、大事な人なんだ」

「大馬鹿者やな」

「……俺も、そう思うよ」

力なく笑うと、八尾谷が眉をつり上げ、それから呆れ顔を作った。

「……なら、オレも一緒に行く」

アキラは困惑した。

「なに言ってんだよ。任務の生存率、知ってるだろ……」

三人で行けば、二人が死ぬ任務だ。

そんな場所に連れていけるわけ、ないだろ。

「大丈夫や。オレは強いからな。そう簡単には死なん」

「全然意味わかんないし……つか、お前だって俺と同じルーキーだろ……」

「でも、大切な人なんでしょ？」

隣にいたミユキチが、そっと微笑みかけた。

どうして……。

「馬鹿じゃないのか」アキラは嘲るように笑った。「二人とも、そんなに死にたいのかよ。いい加減にしろって。わかるだろ。俺は二人を巻き込みたくないんだよ……」

そしてアキラは卑下する様に嗤う。

「というか、俺なんかのために、命張ろうとするなって……」

「卑屈やなあ。ほんま根暗やなあ、お前」

そうかね。そうかもしれない。

なんていうか自分が嫌いなんだ。

そもそも好きになる要素ってなに？　みたいな。二人ともよく俺と仲良く会話してくれてるよね。特にメリットだってないでしょ。俺といたってさ。別に楽しくもないと思うし。でも俺は、そうだな。少し楽しいよ。だから死なせたくないって気持ち、わかるだろ？

頼むから俺なんかのために命なんか賭けるなよ。

二人の命は、そんな軽くないだろ。

頼むよ。

頼むからさ。

アキラは顔を覆った。

なぜか涙が溢れて止まらなくなった。

たぶん、心がいっぱいいっぱいなのだ。

二人とも、わかってるんだ。

アキラ一人では、この任務は無理だって。

それがわかってるから、自分たちの命を差しだそうとしているのだ。

そうすれば、少しでも生存率が上がるかもしれないって。

こいつらは、そういう、お人好しの善人なんだ。

アキラとは違う。二人は卑屈さもなくて、眩しくて。

だから失いたくないと思ってしまう。

昔から、人を頼るのが苦手だった。罪悪感みたいなのが湧いてしまって、どこかで恩返ししないとって気持ちが強くなって、それがストレスになってしまう。

人間関係を構築するのが下手で、だからいつも一人で――、それでよかったんだ。いままでは。ずっとそう思ってた。

「助けて、ほしいんだ……」

気がつくと言葉が溢れ出していた。

「俺だけじゃ、たぶん無理だから……」

涙で視界が滲んで、嗚咽で声が出なくなる。

八尾谷とミユキチが笑ってアキラの肩に手をのせた。

これで、いいのだろうか。

この選択は、間違いなんじゃないか。

これからアキラたちは、死へと向かっていくことになる。

これはスタートではなく、終わりへ進む物語だ。

光を求めて、地下へ潜っていくような話だ。正しい選択ではない。

なのに、また大事なものが増えてしまった。

アキラは強くないから、それを守れる自信がない。

本当、やめてほしい。何かを失うのには、慣れてないのだ。

ありがたい気持ちと、任務に来てほしくない気持ちがせめぎ合い、胸を掻きむしりたくなった。そしてアキラは理解する。

どうして阿夜が、アキラを遠ざけようとしていたのかを。

今のアキラの気持ちと同じなのだ。

八尾谷とミユキチが、アキラに手を差し伸べている。

阿夜を助けるつもりでいたのに、いつの間にか立場が入れ替わってしまっていた。

本当に、度し難い。でも――、
助け、助けられる。

それが仲間、なのかな。わからない。でも、わかるまで一緒にいたいと思った。

だから生きて。生き延びて、生き残って。生き抜いて。

ちゃんと、生きて帰るのだ。

第二章

ニザリの屋敷は街のはずれにあって、見た目がレイザの館と似ている。

その二階に、アキラは部屋をもらった。

六畳くらいの一人部屋で、家賃は月に銀貨八枚。つまり八シリル。

なかなかの大金だが、八シリルは順当に任務をこなせば難なく払える金額らしい。

あと宿に泊まるよりは、だいぶ安いのだとか。

屋敷には、アキラを含め五人のルーキーが住んでいる。いまは任務やらで出払っており顔を合わせることはなかったが、そのうち会うこともあるだろう。共同生活、というわけではないが、どんな奴が住んでいるのかは多少なりとも気にはなる。

屋敷に着くとアキラは一階の水場へ行き、服を洗った。

水を絞ると泥みたいな色が出て、思わず声が漏れた。風呂も入ってないし当然っちゃ当然なんだけど、アキラはだいぶ臭かったのかもしれない。

なので服を乾かしている間に水浴びもした。その後は、なんだかすべてが億劫（おっくう）になって、装備を床に投げ捨てベッドに寝転んだ。ああやばい、寝心地が良すぎる。

開け放たれた窓から、そよ風が入ってくる。

遠くで、夜を告げる晩鐘が鳴った。

黄金色に染まる雲の合間を鳥たちが横断し、オスタルの街に明かりが灯る。すると灰白色の街が淡いオレンジ色に染まり、どこからともなく夕飯の匂いが漂ってきた。

アキラは起き上がった。

短剣をベルトに装着する。防具は、少し考えてから置いていくことにした。動きにくいし、体を洗ったばかりなので、汚い物はあまり身につけたくなかった。

部屋を施錠し、屋敷を後にする。

これから任務説明会があるのだ。

かつ、かつ、と音を立てながら、薄暗い石畳の道を行く。

空を見上げると、夜気がすぐそこまで迫っていた。この世界の夜は、アキラがいた世界よりも暗く陰鬱としている。もうすぐ完全に日が沈み、今よりも更に暗い、濃霧のような闇が渦巻く夜がやってくるはずだ。

説明会は日没後、酒場で行われると聞いていたので、少し早いがアキラはそこへ向かうことにした。阿夜、ミユキチ、八尾谷とは酒場の前で待ち合わせしていたので誰かしらはいるはずだ。いなければいないで、待てばいいだけの話である。

仄暗い石畳の小路を通り、もうすぐ酒場というところで、

「あれ……?」

見知った顔と出会った。

木箱に座る八尾谷が手を挙げる。待ち合わせは酒場の前のはずだが……。

「どうしてこんな所に？」

するとハ尾谷は「お前を待ってた」と言った。のそりと立ち上がる。背中の大剣が揺れた。そういえばハ尾谷は戦斧ヴァリスの血統に入ったらしい。職業は剣士だと言っていた。

ハ尾谷はアキラを見下ろし、

「阿夜のことで話がある」

ものすごい威圧感だ。アキラは思わず目をそらしてしまった。

「その、話ってのは」

「あいつが人を殺したって噂は、知っとるな」

アキラは一瞬、返事をするのが遅れた。そして口を開く前に、

「あいつが死なせたのは、ニーナって子や」

「……」

「ニーナは任務で死んだ。その時のパーティは、中森、阿夜、タリサ、ニーナの四人だ」

「なんでそんなこと、俺に言うんだよ……」

「仲間の経歴はちゃんと知っておくべきやろ」

「そうかもしれないけど……」

あまり良い気はしない。別にやるなとは言わない。でも、こそこそ隠れてすることか、とも思ってしまう。一応、仲間なんだし。信頼関係もあるというか。

「ま、そう怖い顔するなや。それに阿夜のあれは、たぶん冤罪や」

思わずアキラは八尾谷を二度見した。

「ま、死んだのは事実やけどな。でも中森の話と街の噂では、だいぶ食い違いがあった」

食い違い？　どういうことだろう。中森というのは、さっき名前が出た元パーティメンバーのことか。それにタリサが同じパーティだったことも驚きだ。

それ自体は、よくある話だったという。


その日、阿夜たちはとある任務に参加した。任務の難度はそう高いものではなく、何度かクリア経験のあるものだったらしい。ただその日はルーキーのパーティが多かった。途中、彼らが魔物に殺されたことで陣形が崩れ、大量の死者が出てしまったらしい。そして阿夜たちもその場を脱出できなくなった。

「中森は全員死ぬと思っていたらしい。魔物の数が半端なくて、とても逃げられるような状況やなかった言うてたわ。なのに――」

八尾谷は一呼吸置いて、

「……ニーナを除いた、全員が生きて帰ってきた」

「それは、どうして……」

「阿夜がとある選択をしたからや」

「……選択？」

「ニーナを、犠牲にしたらしい」

あの時、ニーナは深手を負っており、阿夜の魔力も尽きかけていたという。

彼女を回復させる手立てはなく、また彼女を連れて逃げる余裕もなかった。

その状態でできることは限られていた。そして全滅を免れるには、一刻も早くそれを決断しなければならなかった。

だが中森とタリサは、それを言い出せなかった。

ニーナを見捨てる。彼女を囮(おとり)にして、三人だけで逃げる。

そんな提案、できるはずがない。

だから中森は何もしなかった。ただ、阿夜がニーナの所へ行き何かを話しているのを、じっと眺めていた。ニーナが悲しそうな顔をして、それから中森とタリサの方を見た。そして彼女は困ったような顔で微笑(ほほえ)み、こくり、と頷(うなず)いた。

それから阿夜はタリサと中森を走れる程度まで回復させた。そして魔術師のニーナを、その場に残すことを二人に話した。タリサは猛反対したが、阿夜は取り合わなかった。

ヒーラーの役割は、被害を最小にとどめることにある。全員死ぬか、一人を犠牲にし、その他を生かすか。その選択をするのが阿夜の仕事だった。

ニーナは、魔法が使えるくらいにまで回復すると立ち上がり、三人が逃げきるまでの時間を稼いだ。

そして三人は生き残った。

一人の仲間を犠牲にして。

阿夜に落ち度はなかった。むしろ嫌われ役を買って出たことに二人は感謝すべきだろう。

だがタリサはそう思えなかった。

死んだニーナは、タリサの親友だった。

彼女はニーナの死を受け入れることができず、日に日におかしくなっていったという。

だんだんと部屋に引きこもるようになり、任務にも参加しなくなった。

「脆かったんやろな」

八尾谷が夜空を見上げながらそう呟いた。

やがてタリサは、ニーナの死の責任を阿夜に押しつけるようになったという。

——あいつは、ニーナを囮にして逃げた。

——あいつは、仲間を犠牲にして生き残った、人殺しのヒーラーだ。

そう、吹聴して回るようになったらしい。

中森は怒り、それは違うと反論した。

でも阿夜は、それを否定しなかった。

噂は広まり、阿夜は次第にパーティを組めなくなっていったという。

暫くしてタリサがパーティを抜けた。パーティは中森と阿夜だけになって、でも二人では任務をこなせず、生活に困るようになった。

そして中森が去り、阿夜は一人になった。

「あとは知っての通りや。任務をこなせなくなった阿夜がレイザからペナルティを科され、お前と再会した」

アキラは壁に寄り掛かり天を仰いだ。言葉が見つからなかった。

「なあアキラ」

八尾谷は星空を見上げながら、アキラの名を呼ぶ。

「任務でオレらが死んでも、あまり気に病むなよ」

「なんだよ急に」

「お前は脆そうやから、先に忠告しとこう思ってな」

八尾谷が達観したような笑みを浮かべた。

そして多くを語る気はないのだろう。

「断る選択肢もあった。だが、行くと決めたんはオレとミユキチや。お前は関係ない。それだけは忘れるな」

そう言って、酒場の方角へと歩き出す。

「なあ八尾谷っ」

「なんや?」

「八尾谷はどうして……一緒に任務に参加してくれるんだ?」

ここに来るまでは、決して親しくなかったはずの八尾谷が、どうしてアキラのために、そこまでしてくれるのか。

八尾谷はアキラを見て、少しだけ悲しそうな顔をした。

「……大切な人を失う気持ちがわかるから、かな」

「八尾谷も、誰かを……？」

　そう訊ねると、八尾谷は立ち止まって苦笑した。

「別にそれはオレに限った話でもないやろ。飛行機に乗ってた奴の中には、大切な人や友達もおったはずやからな」

　とにかく、と八尾谷が言う。

「失わずに済むなら、それに越したことはない」

　今度こそ八尾谷は歩き始める。アキラも慌ててあとをついて行った。

　酒場の看板が見えてくる。アキラは深呼吸して、その扉を開ける。

†

　この店も元々は洞窟住居だったのだろう、室内は白い石灰岩でできていて、床は平らになっているが、壁や天井はむきだしの岩でごつごつしている。まるで洞穴だ。

　明かりはランタンと蠟燭が数本だけとなかなかに薄暗い。だが外も同じようなものなので、この雰囲気にも慣れてきた。むしろ柔らかい明かりは、目に優しく心地良い。

　奥の方にミユキチと阿夜が座っているのが見えたので、二人でそこへ合流する。

　ミユキチは黒いマントを羽織っていた。

テーブルの横の壁に立てかけてあるのは杖だろうか。

「もしかして魔術師の血統に入った感じ？」

「うん。黒衣のセミラミスってところにね。魔法系だとここが一番みたいだから」

「へぇ……じゃあ、もう魔法とか、出せるの？　炎とか？　や、全然詳しくないからわかんないんだけどさ……」

アキラが訊ねるとミユキチが気まずそうに目をそらした。

「実はまだ……詠唱とかの練習はしてるんだけど……」

「だ、だよね。すぐには難しいっていうか。魔法って複雑そうだし」

アキラは少し不安そうな顔をしていたのかもしれない。ミユキチは弁明するように両手を振った。「でもっ、任務までには何とか使えるようになるから！」

「できんかったら、ただの足手まといやぞ」八尾谷が容赦なく一蹴する。

「うぐ……」

丁度その時、店員が人数分の飲み物を持ってきた。

「ああ？　なんやこれ」

「えっと……注文した人……」アキラが訊ねるが誰も手を上げない。

「任務を統括してる人がお金を出してくれてるみたい」阿夜がジョッキを摑んだ。「説明会まで時間があるから、それで時間を潰してて、みたいな」

「さよか。ほな遠慮なく……ってうぉっ⁉　これ酒か？　……ええやんけ」

「ちょっとっ、私たち、未成年でしょ！」ミユキチが止めに入る。

「……え？」ジョッキに口をつけた阿夜がきょとんと首をかしげた。すでにだいぶ量が減っている。いや飲むの速くね？

「確かに、酒はあかんか……」そう言って八尾谷は、ぐいっとジョッキを傾けた。

「その流れで、なんで飲むの⁉」

「お、これむっちゃ美味ない？」

「え、ほんと？」ミユキチが思わずジョッキを見つめ直した。

「いや、芯ぶれすぎでしょ……」アキラは思わず突っ込んだ。

ただそう言いつつも、アキラは木樽のジョッキを覗き込んでいた。

阿夜が教えてくれたのだが、これはエールというお酒らしい。

しかし、酒か。飲んでいいのかね。法律とか？　まあ、ここは別の世界ですし？　それに無料だし。ご厚意を無下にするのも悪いというか……。

ということで、迷わず口に含んだ。

瞬間、おえってなった。

くっそマズい。なんだこれ、苦すぎて飲めたもんじゃない。

「ぷはぁっ、最高や」

隣で八尾谷がグビグビいってる。というかそのまま飲み干した。

アキラとミユキチは絶句しながらそれを見つめる。

「あ、あのさ八尾谷くん……」ミユキチがおずおずとジョッキを差し出した。「私のも、あげよう、か？」

「お、俺のも」アキラも差し出した。

「ええの？　お前ら優しいなあ。やっぱ持つべきものは、友やんなあ」

そう言って八尾谷は勢いよく酒を呷った。

「ちょっとペース速くない？　そんなことしてると、そのうち体壊すんだから」

ミユキチが揶揄するように言うと、八尾谷が「はっ」と嘲笑った。

「もうすぐ死ぬかもしれんのに体の心配か？　しかも、そのうちだぁ？　生きられる保証もないのにそんな先のこと考えてどうすんねん。任務は四日後やぞ」

「それは……そうだけど」

「せやろ。やから飲むねん。好きなだけな。とはいっても三杯しかないが」

八尾谷は酒を呷りながら、背もたれに寄り掛かる。

少し空気がしんみりしたものになって、ミユキチも黙り込んでしまった。八尾谷は特に気にする様子もなく一人で「旨ぇっ」と叫んでいたが、どこか空元気な感じがして嘘くさい。

阿夜が沈んだ表情のまま、ジョッキを見つめていた。

俯いたまま、

「わたし、前のパーティで、人を死なせたことがあるの」

「えっ……」ミユキチが驚いた顔をする。

「隠すべきことでもないと思うから。仲間だし、信頼関係にヒビが入るかもしれないけど、みんなには、知っておいてほしい。わたしのことを、少しでも」

八尾谷は酒に口を付けながらも、視線だけは阿夜の方を向いていた。

アキラも静かに次の言葉を待つ。

阿夜の話は八尾谷から聞いたものと殆ど同じだった。

ただ一点、ニーナについては、阿夜が死なせたことになっていたが。

「――力がなかったの……でもいまは違う。あれからわたしは成長した。だから信じてほしい。わたしは、あなたたちを死なせない。必ず、生きて帰らせる。だから――」

阿夜は深々と頭を下げた。

「どうか、よろしくお願いします。あなたたちは恩人で、わたしにチャンスをくれた。わたしはそれに報いたい。だから――」

隣に座っていたミユキチが、優しく微笑んで阿夜の背中をさすった。

「私も、ちゃんとサポートしてみせるから」

八尾谷は何も言わず、三杯目のジョッキを持ち上げ、それを一気に飲み干した。

「別にオレは、お前らに頼らんでも生き残るけどな。むしろ足引っ張るようなら、遠慮なく切り捨てていく。だから覚悟しておけや雑魚ども」

「なんだよそれ」アキラは小さく笑いながら八尾谷の方を見る。二人でいた時と、言ってることが逆だ。本当、素直じゃないというか。

　それから少し沈黙があった。でも空気は重くなくて、アキラ、八尾谷、ミユキチはそれぞれ視線を合わせ、それから苦笑するように笑った。とうに覚悟はできている。そういう顔だった。大丈夫だ。アキラたちはそこまで柔じゃない。強くはないかもしれないが、しぶとく生き残ってやるつもりだ。

「生きて帰ろう。必ず」

　アキラが言うと、八尾谷、ミユキチ、阿夜は、こくりと頷いた。

「ほな、しんみりタイムは終わりにしよか。酒もまずなるしな」

「もう、酒ないだろ」アキラが言うと、八尾谷は名残惜しそうにジョッキを覗き込んだ。どんだけ飲むんだよ。まだ飲み足りないとか酒豪か。

「ちょっと、トイレ」

「ほら言わんこっちゃない」ミユキチがため息をつくと、八尾谷が「ゲロちゃう。おしっこじゃボケ」と反論した。ミユキチは蔑むような視線を向け、阿夜はくすりと笑った。

　八尾谷が戻ってくるのと入れ違いで、今度は阿夜が立ち上がった。

　カウンターの方に向かっているようだ。暇だったのでアキラも後を追ってみる。

　店内は、どことなく海賊船の船底を彷彿とさせる雰囲気がある。樽が沢山おいてあったり、黒ずんだ木の家具が佇んでいたり、あと少しだけジメジメしている。

　バーカウンターは、なかなか老朽化が酷かったが、良い感じの真鍮の器具とかも置いてあり、ちょっと普通では味わえない雰囲気が広がっていた。

阿夜は亭主と何かを話しているようだ。

「何、頼んでるの？」

カウンターにいる阿夜に声を掛ける。

「……お酒、かな。蜂蜜酒（ミヨード）ってやつ」

「そんなのあるんだ」

アキラはメニューを見てみる。知らない文字なのに、読めるんだよな。思えば言語体系も理解できるし、色々と変な所がある。まあ、楽ではあるからいいんだけど。

この店ではエールが一番安いようだ。銅貨五枚。つまり五ローネで買える。

他に同じ値段のものは蜂蜜酒（ミヨード）と薬草酒（イエーガー）があった。イエーガーは度数が高くて小さなグラスで出てくるらしい。なんかやばそうだ。

「もしかして阿夜は、結構いける感じ？」

「……まあ、そこそこ」

すると、阿夜は弁明するように、

「飲まずにはいられない夜ってあるでしょ」

と答えたが、それは流石（さすが）にセリフが渋すぎる。

「あいよ、ミヨード四つね」

亭主が木製のトレイに陶器のコップを四つ載せて持ってきた。

「もしかして、俺たちの……？」

「うん。まあ、安いし。パーティ入ってくれたお礼というか、お近づきの印に？」

「そんなの、いいのに」

「でも、まだ説明会まで時間あるでしょ？　何杯か飲みながら話すのもいいかなって。あとこれ、とても飲みやすいから、アキとミユキチさんでも、大丈夫だと思う」

そう言って、阿夜はそっと微笑んだ。

「じゃあ、俺が持つよ」

「う、うん」

阿夜が言う通り、ミョードはめちゃくちゃ美味しかった。

キンキンに冷えた陶器のコップに入れられ、少しジュースみたい？　甘酸っぱい。後味はほんのりと蜂蜜の味がして舌に残る感じもするが、氷が溶けてくるとそれも気にならなくなった。うん、これは旨い。

「これなら私も大丈夫かも」ミユキチが飲みながら顔をほころばせた。「うん、美味しい。というかそう考えるとエールって、あまり美味しくないような……」

「それはお前の味覚が貧乏ったれやからや」八尾谷がすかさず反論した。

「でも俺も、エールはちょっと苦手かな……」

「それはお前の舌が死んどるからや。酒を飲む資格もない奴がエールを語るな」

「いるのかよ。資格なんて」

「いるいる。だからお前のミョードもオレによこせ」

アキラはぎっちりコップを握って八尾谷から死守した。

八尾谷はミョードも一気に飲み干した。アルコールならなんでも良いタイプのようだ。

かくいうアキラもあっさり一杯飲みきってしまった。アルコールの熱がじわりと喉に広がる感触はどこか新鮮で、気のせいか頭がくらくらしてきたような。

店内に視線を巡らすと、傭兵たちが広い洞窟住居の酒場にだいぶ集まってきていた。仄暗い空間に、様々な装備に身を包んだ屈強な傭兵たちが席に腰掛けていく光景はちょっと圧巻で、アキラたちは緊張からか無意識に声を潜めてしまう。

そんな時だった。

「もしかして、八尾谷か？」

背後から声を掛けられた。

八尾谷が驚いて振り返る。アキラたちも振り向いた。

そして言葉を失った。

黒髪の少年が立っていた。

アキラたちは、そいつを知っていた。同じ学年の生徒だ。

でもクラスメイトじゃない。

「おいおい、お前、ナガトかよ……っ！」八尾谷が立ち上がりナガトの背中を叩いた。

「ああ、やっぱりそうだったか」

五組の生徒、ナガトは静かに、しかし嬉しそうに微笑した。

「てかナガト、なんでこんなとこに……」

「それはこっちのセリフだ。お前たちは無事だったんだな」

予期せぬ再会に驚きを隠せない。だが、考えてみるとあたりまえだ。アキラたちが乗っていた飛行機は大型機で、他クラスの生徒も搭乗していたのだ。

ミユキチが信じられないという顔で、

「本当に、ナガトくんなの……？」

ナガトは、苦笑を浮かべ、テーブル前の椅子に腰掛けた。

すると木樽のジョッキが置かれる。ナガトはそれを旨そうに口に含んだ。

彼はもともと物静かで、しかしどことなく気品のある生徒だった。

だが今は腰に立派な剣を帯びていた。

アーマーは何の革なのか、軽装なのに、とても頑丈そうだ。とにかくどの装備も一級品で、駆け出しの傭兵が持てる範疇を明らかに逸脱している。

ひょっとして、

「ナガトも傭兵に？」

アキラが訊ねると、ナガトは小さく笑って、

「まあ、なったというよりは、拾われたようなものだけどな」

「他の五組の生徒たちは一緒なの？」

ミユキチが訊ねる。

するとナガトは一瞬黙って、それからゆっくり首を横に振った。わからないという。

ナガトを含めた一〇名ほどの生徒は、ここからだいぶ南の方で目覚めたらしい。

目覚めた時期は、アキラたちよりも半月ほど早い。ラグがあるのか。ここら辺は本当、謎が深まるばかりだ。

とにかく、ナガトたちは目覚めた。しかしそこは魔物がうじゃうじゃいる湿地帯で、生徒で生き残ったのはナガトだけだったらしい。

ナガトは拾った剣で魔物を倒し、海辺の王都『千の鐘楼の都』付近まで自力で辿り着いた。だがその寸前で、王都の反対勢力に与する吸血鬼に襲われてしまったという。その吸血鬼から逃げている途中、いまのパーティに拾われたらしい。

そのパーティはちょうど剣士が一人不足していて、ナガトはそこに志願した。その足で千の鐘楼の都へと赴き、古くからその地に根付いている真祖、水蛇の血統に入ったという。

色々なことがあったらしい。そしていまは傭兵として大陸を旅している。

ナガトは最初からアキラたちとはまったく違う道を進んでいて、それでもナガトはちゃんと生きて、自分で道を選択していた。強いな。心からそう思う。表情からも充足感が見て取れて、アキラは少し羨ましくなった。こんな短期間で、どうしてこんなにも前に進めるのだろう。

完全に蚊帳の外になっていた阿夜が蜂蜜酒を飲んで、美味しい、と頬を緩ませた。

「というか──」ナガトが怪訝そうな顔でアキラたちを見回した。「なんでお前たちがここにいるんだ？」

「一応、俺たち、この任務に参加するからね」

ナガトが驚いてアキラを見た。

「本気か？」

「まあ、ね。危ないのはわかってるよ。でも、色々あってさ」

「……」

ナガトは明らかに賛同できないという顔をしていた。

「事情があるのなら止めないが……」

ナガトはアキラたち四人を見ながら歯切れの悪い声で言う。

「残念だが、この手の任務では、必ず死者が出る。そう、うちのリーダーが言ってた。特に今回の討伐任務は結構な規模らしい。しかも行われるのは夜だ。本来、中堅層より上の傭兵がやる仕事だと聞いている」

まあ、とナガトは立ち上がる。

「詳しい話は、後でカイリたちがしてくれるだろう。それまでは適当に寛いでいてくれ」

「まるで主催者みたいな物言いやな」

八尾谷が言うとナガトが照れくさそうに頭を掻いた。

「そういえば、言い忘れてたな……」

そして、

「今回の任務、作戦指揮を執るのは、うちのチームだ」

まあ、絶句である。

どうやらナガトの入った所は、南方で、相当名の知れたパーティのようだ。

てかそんな凄い所に入れるナガトって何者？　本当、謎の男だ。ナガトは偶然だと謙遜していたが、それだけではないはずだ。

もしかしたら、すでにもの凄く強いのかもしれない。

ナガトが去り、酒場にはどんどん傭兵が集まってくる。

そして、ぎゅうぎゅう詰めになった。どこかから椅子を調達してきたり、地べたに座る者まで出てくる始末で、ちょっとした無法地帯になった。

「だいぶ集まってるな」

瞬間、騒がしかった傭兵たちが静かになった。

入り口だ。剣士の青年が、笑みを浮かべながら立っていた。

「あれが、カイリか……」

傭兵の一人が言った。

すると他の傭兵たちが、ざわつき出す。

「誰やねん。随分えっらそうやな」

無謀にも八尾谷がそう吐き捨てると、隣の傭兵が「お前、カイリを知らんのか」と口を挟んできた。

カイリ。

今回の指揮を任されたパーティの親玉。

その界隈(かいわい)ではだいぶ名の知れた剣士で、大陸でもたびたび話題に上る吸血鬼らしい。

見た目は若いが、あれで一〇〇年くらい生きているという。つまり一〇〇年間、死なずに傭兵稼業を続けてきたということだ。

そして他のメンバーも続々と姿を現し始める。

メンバー構成はまず、ナガトとカイリ。これは両方とも剣士だ。

あとは魔術師、死霊術師、修道士がいるようだ。

あわせて五人。

彼らは全員、ものすごく高そうな装備を拵(こしら)えていた。

機能美に加え、意匠を凝らした防具。鞘(さや)を見ただけで、素人のアキラでも業物(わざもの)であるとわかる長剣。そしてそれに負けないオーラ。そこらの傭兵とは明らかに物が違う。

だがアキラは無意識に死霊術師の女に目が釘付(くぎづ)けになっていた。

ある意味、彼女が一番目立っている。カイリやナガトよりも背が高い。真っ黒なドレスに黒い長髪。そして身長に負けないくらいの大きな棺(ひつぎ)を背負っている。彼女は座ろうとして、折りたたみ式の大鎌を落とした。それを拾おうとして棺も落とした。すると棺の中で何かが暴れ出した。やばい。なんか色々やばい。

棺担ぎのマリアベル、と呼ばれてるらしい。屍喰のサガンの血統の中でも、だいぶ上位に君臨する吸血鬼だと隣の傭兵が教えてくれた。

南方の王都、千の鐘楼の都で勇名をとどろかす傭兵集団。

今回、彼らは王直属の命を受けて、ここに派遣されてきたらしい。

「まあ、酒でも飲みながら聞いてくれや」

カイリは小さく笑い、説明を始めた。

†

常闇の任務は、オスタルから遠く離れたローランの森という場所で行われるらしい。

「任務の開始は四日後だ。正式な受諾手続きは、ローランの森に隣接する、常闇の町で行ってもらう。オスタルでは手続きできないから注意しろ。あと現地に行った奴ならわかると思うが、あの森は馬鹿でかい。人員は一〇〇人ほど募るつもりではいるが、楽はできないぞ。処理するノスフェラトゥは、その倍以上に膨れ上がってるだろうしな」

「増えたのは、誰の仕業か」

大きな髭を蓄えた屈強そうな男が訊ねた。

「まだ、どいつが吸血行為を行ったかは判明してない」

カイリの隣にいた魔術師が答えた。

「でも、そんなことは重要じゃないだろ？」

カイリは笑いながら酒を呷る。

そして、立ち上がり、皆を鼓舞するように言った。

「俺らの同胞が魔物の血を吸っちまったことは残念だ！　だが、やることはゴブリンを殺すことと変わらない。さっさとノスフェラトゥを狩って報酬もらってよ……旨い飯を食って、女でも抱きにいこうや！」

男の傭兵たちが木樽のジョッキをテーブルに打ち付け、咆吼をあげた。

だが女の傭兵たちは眉を顰めてカイリを睨んでいる。

たしかに、あまり品の良い感じはしなかった。

カイリのパーティの修道女も片方の眉をつり上げていたが、慣れているのだろう。困ったように笑うだけで、たいして気にしていないようだ。

それにしても、ノスフェラトゥというのは一体なんなのだろう。

同胞が血を吸ったと言うが、意味がわからない。

「あの、ノスフェラトゥって、なんなのでしょうか……？」

果敢にもミユキチが手を上げ質問した。

するとあたりは一瞬、騒然として、それから小さなため息が聞こえてきた。

「姉ちゃん、生まれたてか？」

吸血鬼になったばかりか、という意味らしい。

「そう、ですけど……」

「悪いこと言わん。今回はやめとけ。これは生まれたてが参加していい任務じゃない」

「でも、やってみなわからんのと違いますか？」

不敵にも八尾谷が口答えをした。

だが、

「俺もオススメはしないな」

カイリも傭兵たちの意見に賛成した。

それから考える仕草をして、

「そうか、ここにはルーキーも少し交ざってるのか」

カイリの隣にいた魔術師の男が口を開いた。

「ノスフェラトゥと戦ったことがない奴は挙手しろ」

低く掠れた声。なんか怖い感じだ。そして彼は、ギロリ、とアキラに視線を向けた。

お前もだろ、というような目だった。あ、はい……。アキラはおずおずと手を上げる。

魔術師の人、眼力やばすぎる。

ボロボロのマントを身に纏い、白髪交じりの長髪。正直、見窄らしい。

だが、杖だけは美しかった。古木に不思議な色の石が塡め込まれており、石の中で何かエネルギーのようなものが渦巻いている。不思議な事に、杖の端々から小さな緑色の葉が見えた。芽吹いている？　この杖、生きてるのか。

魔術師は、挙手した傭兵を数えながら、

「結構、多いな……どうするのだ、カイリ」

そう囁く。

「全ては自己責任だ。好きにすればいい」

カイリはそう答え、店内を見渡す。

「だが聞け、ルーキー共。今回の任務は中堅以上の傭兵が参加する任務だ。こちらとしても、無闇に人死には出したくない。片付けるのが面倒だからだ。だから参加する前に、少しだけ情報をくれてやる。判断する力も生きていく上で同じくらいに重要だ。金に釣られて死んだ奴を俺は腐るほど見てきたからな」

外の風が強いようだ。隙間風が蠟燭の裸火を吹き消した。

急に視界が薄暗くなり、張り詰めた空気になる。

残りの蠟燭が、カイリの顔に濃い陰影を作った。

「……まず、奴と戦う上で覚えなきゃいけないのは、嚙まれたらアウトってことだ。あっと言う間に感染して、ノスフェラトゥになっちまう。どんな治療も効かない。如何に高名な修道士といえど、治す術はもっていない」

「え、じゃあ嚙まれた時は……」

ルーキー傭兵が訊ねる。

「その場で自害しろ。できなければ、仲間に頼め」

「なっ……」

アキラを含め、新米傭兵たちが絶句した。

「そんで、ノスフェラトゥがなんなのかって話だが、あいつらは、俺たちが原因で出来るモンスターだ」

どういうことだろう。

「吸血鬼が他の生物の血を飲むことは、禁忌とされているのは知っているな」

確か、血統支部でそんなことを言われた気がする。

「吸血鬼と魔物の血は、異常なほど相性が悪い。吸血鬼が魔物の血を吸うと、あっと言う間に正気を失い、体が形状崩壊を起こす」

カイリは一度言葉を切り、

「そうなった状態の者を、俺たちは『血の亡者』――ノスフェラトゥと呼んでいる」

吸血鬼は旅をする時、店で買った血瓶を常に持ち歩いている。

しかし何らかの事情で血を飲めなかった時、強烈な飢餓感に耐えきれず魔物を襲い血を吸ってしまう者がいるという。

今回も、そういった経緯でノスフェラトゥが生まれたらしい。

ゴブリン、オーク、インプ、ワーウルフ、あらゆる種族の血を、吸血鬼はどんなことがあっても飲んではいけない。

「でも、どうしてそれでノスフェラトゥが増えるんですか？」

今度はミユキチが訊ねた。

「吸った方も吸われた方もノスフェラトゥになるからだ」

魔術師の男が答えた。

「そして奴らは消えぬ飢餓感に悩まされ、吸血行為を繰り返すようになる」

いま、ローランの森はノスフェラトゥの巣窟と化している。

森のモンスターを襲い、現在進行形で、被害が拡大している。だいぶ悲惨な状況だ。

魔術師が説明を続ける。

「ノスフェラトゥになると、まず見た目が変わる。皮膚はミイラ化して硬くなり、体が変異し、背中から何本もの棘がハリネズミのように生え出す。モンスターも人も皆、同じようになる。だから仲間が噛まれた時は、怪物になる前に、息の根を止めてやれ。誰も仲間と戦いたくはないだろう？」

淡々と話すが、精神的なダメージを受けるには十分な内容だった。

ルーキー傭兵たちは、皆、黙りこくってしまう。

一度でも噛まれれば終わり。

怪我をしても、死にさえしなければ大丈夫と考えていたのだが、甘かったようだ。少しでも噛み傷を貰えばアウトだなんて思いもしなかった。

「ローランの森にいるノスフェラトゥは、推定一七〇頭だ」

カイリが立ち上がり、そう説明した。

しかし彼の視線は、すでにルーキーの方から外れていた。

「常闇の町に到着する頃には、もう少し増えているだろう。嚙まれれば、また数が増える。吸血鬼のノスフェラトゥは少し強いからな、あまり嚙まれないでくれよ？」

「とにかく、一匹残らず殺せばいいんだな。期限は？」

傭兵の一人が訊ねた。

「二日だ」

「冗談だろ？」

「流石に無茶だ」

「王都からの指令でな。断る事はできなかった。だから俺たちが呼ばれたというのもある」

不平を漏らす傭兵たちは、恐怖というよりは、面倒くさいという顔をしていた。

皆、戦い慣れているようだ。アキラたちの場違い感は増すばかりである。

「それはいいんだけどさぁ、まだ肝心な話、してなくない？」

女狩人がカイリに投げかけた。

「報酬の話だろう？」

カイリが苦笑すると、待ってました、と皆が笑みを浮かべた。

恐怖よりも金。ここまでくるといっそ清々しい。

「報酬は二日で、一人につきギルダー金貨二枚だ。任務終了後に渡す」

思わずアキラたちは、顔を見合わせた。

「いま、金貨って……」

確か、金貨の価値は一枚で、銅貨一〇〇〇枚ぶんだったはず。

ここのエールは、たしか銅貨五枚。

二日でこんなに？　これって、もの凄い額なんじゃ。

「ま、まじかよ……」

「短期で二ギルダーってぼろい商売だなこりゃ！」

思わぬ高額報酬に、店内が沸き立つ。

「あと、この任務は基本パーティでの参加が前提だ。ソロは野良でチームを組め。それが終わったら締め切り日までにリーダーを決めておくんだ。尚、任務を途中放棄した者には違約金として五シリルを要求する」

それだけ言って、カイリたちは去って行った。

個人参加が認められない任務は、そのほとんどが中ランク以上の任務であるという。

つまり、素人であるアキラたちがやっていい代物ではないということだ。

周りの視線が突き刺さる。

人殺しと呼ばれたヒーラーに、まだ任務すらこなしたことのない見習いの三人組。

どうみても器ではない。自殺志願者も同じだ。

他の新米傭兵たちは、全員降りることを決めたようだ。

背中に、嫌な汗が滲む。

もしかして、取り返しのつかないことをしているのではないか。

今更だ。無謀だろうが愚か者と罵られようが、やるしかない。

アキラ、八尾谷、ミユキチは暗い表情で、お互いに目配せをする。そうだよ、今更逃げるなんてなしだ。今は、前に進むことだけを考えよう。

「でも金貨だし……？」ミユキチが声を絞り出して笑った。

「しかも二枚やで」八尾谷が引きつった顔で呵々と笑った。

危ないが、生き残りさえすれば、リターンは大きい。

ここを乗り切れば、暫くは何の不自由もなく暮らせる。

「危険な任務ではあるけど……ここで悲観的になっても仕方ないし」

アキラも、敢えて笑ってみせた。

「気合いを入れて、頑張ろう……っ！」

すると皆も、力強く頷いてくれた。

なんだろう、不思議と、悪い気分じゃないんだよな。

恐怖はある。だが同時に冒険が始まるような、わくわく感もあった。

もちろんこの旅はそんな良い物じゃない。濃密な死の匂いが立ちこめた、死刑台へと続く道にも似ている。そのものかもしれない。

でも生き残る可能性はゼロじゃない。だから諦めず、最後まで足掻く(あが)のだ。

アキラたちは立ち上がる。

剣士の八尾谷。

魔術師のミユキチ。

修道士の阿夜。

そしてアサシンのアキラ。

ここに四人の傭兵チームが誕生した。

そしてリーダーは、なぜかアキラがやることになった。

†

翌日からは大忙しだった。

任務地である常闇の町へは自力で辿り着かなければならない。

討伐任務は三日後なので、移動も含めるとだいぶタイトなスケジュールになりそうだ。

しかも常闇の町はかなり遠方で、徒歩だと三日も掛かるらしい。なので基本は馬車での移動となる。つまり金が掛かるわけだが、今回は一ローネも掛けずに済みそうだ。レイザの支部が阿夜を連行するための馬車を出すらしく、そこにアキラたちも乗せてもらえることになったのだ。これは嬉しい誤算だった。

馬車は明後日の早朝に出るとのことなので、今日、明日は装備や食料の調達に専念し、残りの時間は、血統支部で徹底的に戦い方も学ぶことにした。正直やることが目白押しでてんてこ舞いだが、少しでも生存率を上げるためにやれることはやっておきたい。

あと、少しだけ良いこともあった。

「パーティを組めないわたしのために、レイザがお金を出してメンバー募集したの、覚えてる？」

阿夜がそう言って、アキラ、ミユキチ、八尾谷に巾着袋を手渡した。

「タリサたちがいなくなったから、これはあなたたちに支払われることになっ──」

「うぉいっ⁉」八尾谷が叫んだ。「この硬貨……銀色しとるぞ……ッ！　ぎ、銀貨かよ！」

「……うぅ」ミユキチは銀貨をつまみ上げ、その場で泣きじゃくり始めた。

アキラは巾着袋を覗き込んだまま呆然(ぼうぜん)としていた。だって銀貨だ。しかも三枚。三シリルだ。つまりこれは銅貨三〇〇枚と同じ……。

「ほ、本物……だよね、これ？」

「あたりまえでしょ。偽物なんて渡すわけない」

「や、疑ってるわけじゃなくて、見るの初めてだからさ……」

アキラは思わず巾着袋を抱きしめてしまった。

これによりアキラたちの生活水準は、幾分か上昇した。

手始めに血瓶を買ったり、美味いご飯が食べられるようになった。

古着屋で自分の服も買った。それでも金が余ったので、アキラは短剣を研ぎに出すことにした。ついでに革の防具もメンテに出した。それでも銀貨一枚ほど残ったので、残りは貯蓄することにした。

「なあ」街を歩きながら八尾谷が阿夜を呼び止めた。

「……なに？」

「血は、五日ごとに飲めばええんか？」

「まあ、そうね。でも今回の任務は往復込みで四日くらいだし、血のことはあまり気にしなくていいかも。常闇の町でも買えるし、直前にオスタルで飲んでいけば問題ないはず」

ちなみにそれを聞いた八尾谷は、その後、飲み屋で大散財し、金を殆ど使い切っている。

すっかり財布が軽くなった八尾谷を見て、ミユキチが本気で軽蔑の視線を向けていたが、八尾谷は金を残して任務に臨むつもりはないらしい。むしろ残したら死ぬ時に絶対後悔すると豪語していた。

「それに使いきっても、生き残れば二ギルダーもらえるやんけ。何の問題もないやろ」

「それは、そうだけど……」ミユキチは釈然としない様子だ。

「金なんて持ってたってしゃあないぞ。使うためにあんねやからな。つかおまえら、ちゃんと金貨二枚の使い道とか決めとるんか？」

ミユキチは全く考えていなかったようで、すぐ首を振って八尾谷に呆れられた。

阿夜は「家賃と貯蓄」と言って八尾谷に「おもんな」と一蹴され、少し凹んでいた。

「アキラ、お前はどうすんねん」

「俺は……、装備かな」アキラはそう答えた。

いま持っているのは、どうも傷みが激しく、長くは使えない気がするのだ。

店を回ってみると金貨一枚でそこそこの新品の装備を買うことができそうなので、オスタルに帰ったら、思い切って一式揃えてしまおうと思っていた。その後の任務のことも考えると、装備に金を充てるのが一番、後悔が少なそうに思えた。

「ふん、悪くはないな」

貶されはしなかったものの、上から目線なのはちょっと気になる。

「そういう八尾谷は、何に使うんだよ」

すると八尾谷は下卑た笑みを浮かべ、無言で歓楽街の方を指差した。

ミユキチが八尾谷を睨む。阿夜は、きょとん、としていた。

「お前なあ……」アキラはため息をつきながら頭を掻いた。

「あと――」阿夜が話題を切り替えた。「任務中、注意しないといけないのは血を流しすぎたとき。血を飲んだばかりでも、負傷して血を失えば、飢餓感を覚える」

「え、そうなの……」ミユキチが不安そうに訊ねる。

「本当は血瓶を携帯するのが一番なんだけど……戦闘中に割れたりするから、あまりオススメはしない。でもそれは別の方法で解決できる。血の飲み合いをするの」

「飲み合い？」アキラが首をかしげた。

「吸血鬼同士、血を飲み合うこと」

「それ意味ないんとちゃうかったか？　飢餓感は満たされんって漫画で読んだ気するぞ」

そうね、と阿夜が笑う。

「でもわたしたち、狭義では吸血鬼じゃないし」

「え、そうなの？」

阿夜曰く、真祖たちは元は人間であったという。

魔術師から異能を付与されるとき、太陽の光を浴びないとか、魔物の血を飲まないとか、そういう誓いを立て、その代償に力を手に入れたのが始まりらしい。

それが長い時を経て吸血鬼の祖と呼ばれるようになった。太陽に弱いというような古い特性は、血が受け継がれていく間に薄まり、殆ど消えてしまったらしい。

そういうわけで吸血鬼同士が血を吸い合うことは可能とのことだ。だが血を飲むと体内に流れる真祖の血が、他血統の血を排除しようとするので体調が悪くなる。味も異常に不味く感じるらしい。とにかく普段はオススメしないとのことだ。

しかしパーティを組むことのメリットは、長期間の旅でこれができるという部分が大きい。緊急時、互いに血を飲み合うことで生存率が飛躍的に高まるのだ。

でも、男女間でそれをやるのは、なんかこう、精神衛生上、よくないというか。ギクシャクしそうだ。ならアキラの相手は八尾谷か？　それは考えただけでぞっとする。思案の結果、ケガをしないことが一番という結論に至った。

ちなみに自分の血を飲んでもなんの意味もないらしい。

とにかく吸血鬼のアキラたちにとって、血は神聖なモノであり、源であり、食料でもあるということだ。食事と同じくらい大切で、水と同じで摂取しないと死ぬ。そういうものが一つ増えたという点では、少し生き辛くなったとも言える。

それからアキラたちは、道中で食べる食料を買うことにした。

食料は日持ちするものが良いとのことで、パン、ナッツの袋、乾燥肉にした。八尾谷は肉ではなく焙ると美味しい魚の干物と乾燥野菜を買っていた。

思ったより出費して、所持金は残り僅かとなった。銀貨三枚を手にしてもこの程度だ。改めて、この世界で生きて行くことの難しさを思い知らされる。それに金があっても、生きて行ける保証はない。アキラたちは早ければ常闇の任務で死ぬ。そこで生き延びても、次の任務で死ぬかもしれない。明日が保証されない日々の中で生活をしているのだ。

だから言いたいことや伝えたいことがあるなら、伝えないといけないし、やり残したことがないように生きねばならない。

旅支度の相談はこれくらいにし、アキラたちは一度、別行動を取ることにする。

いまから二日間、それぞれの血統支部へ行き、戦い方のいろはを学ぶのだ。

受血して身体能力が上がったとはいえ、アキラたちは戦闘の何たるかをまるで知らない。

なので最初は、高名な吸血鬼から手ほどきを受けることになる。

だが師匠にも当たり外れがあるらしい。スパルタな奴に当たるとその後は地獄なのだとか。あと、一度師弟関係を結ぶと、相手を替えることができないため、この邂逅は今後の傭兵ライフの善し悪しを左右する重要案件でもあった。

ちなみに他のメンバーは全員顔合わせを済ませている。アキラだけが色々回り道をしていたせいで遅れてしまっているのだ。

聞くところによると、ミユキチは当たりだったらしい。師匠はとても綺麗な魔法使いのお姉さんで、一度ご飯にも連れて行ってもらったのだとか。八尾谷の方は金髪の女騎士で、美人だがとても厳しいらしい。初日から殺されかけ、修道士を呼ばれたと言っていた。多分はずれだ。阿夜は、あの小さな女の子か。あれはあれで問題がありそうだが……。

まあ、人の心配よりも自分だ。だが実を言うとアキラには、少しだけ師匠に心当たりがあった。目覚めた時にいた、あの女暗殺者。凄く綺麗な人だった。あんな人が師匠なら、多少辛くとも頑張れる気がする。

そう考えながらアキラは支部の扉を開き、

「……あがッ⁉」

気がつくと地面に仰向けになっていた。

「なんじゃ、男かぁ……」

目を開けると白髪交じりのボサボサ頭のおっさんがうな垂れていた。

いや、てかこいつ、いま足を掛けたよな。なんで……。意味がわからない。アキラは急いで起き上がろうとして、息が詰まった。臭い。こいつだいぶ臭いぞ。

風呂に入ってないのか男の顔はだいぶ脂ぎっていた。

まさか、これがアキラの師匠……？

「なんじゃ、その不服そうな顔は。儂も男など願いさげじゃわい。くそぉ……あれか、前回のセクハラか？　それで男の弟子にしたんじゃな！　おい聞いとるんかクソ爺！」

男が天井の方に向かって叫ぶ。

姿は見えないが、なにかいる。そういう気配を感じた。

ボサボサ頭のオヤジは悪態を吐きながら、地面にあぐらをかいた。ふて腐れてる？　そんなにアキラが嫌なのか。男は鼻毛を引っこ抜き、床に撒いた。そしてアキラを見る。

「まあ、勘は悪くないみたいじゃな」

どういうことだろう。

「お前さん、いま、上にいる爺の気配に気付いたじゃろ」

「ま、まあ……」

「とりあえず名乗っておくか。儂の名は、服部虎弾。お前さんより二五〇年ばかし年上じゃ。あ、ちなみに儂も死んでからこっちに来た口ね。元々将軍筋の隠密をやっとったんじゃけど、謀反にあってのう。まあよいわ。とにかく、これから儂とお前さんは二人三脚でやっていくことになる。とりあえず感謝せい。儂のような高名なニザリに教えてもらえるんじゃからのう。ほれ、感謝、感謝！」

「あ、ありがとうございます……？」

「なんじゃあ、辛気くさいのう……どうした？　何か嫌なことでもあったんか？」

「や、別に……」

アキラは目をそらした。

「なんじゃい、暗い顔して……よし、景気づけに女でも抱きに行くかっ？」

「……は？」アキラは反射的に虎弾を睨み付けてしまった。

「あ、だめ？　そういうのダメなタイプ、あーそう。そーなの。ふーん……」

凄く嫌な表情だ。どうしよう。帰ろうかな。てか、別の人にチェンジとかは……できないんだよな。なら切り替えていくしかない。

「……俺、三日後にある常闇の任務に参加する予定で、それまでに少しでも強くなりたいんです。だから、早く稽古とか、してくれませんかね」

「はっはっは！　まさか、死にに行くつもりとは！　なんと愚かな！」

すると虎弾が腹を抱え笑い出した。

「……無謀、ですかね」

「無謀も無謀じゃ」虎弾は真顔で答えた。「いくら儂でも、そんな短期間で鍛えることはできん。技の一つでも教えてやりたいが、この時間では無理じゃ。覚えたとしても実戦では役にたたん。練度が足りなすぎる。儂にできることは、せいぜい任務を辞退せいと諭すくらいじゃ」

「そう、ですか……」

「そもそもブラッドスキルも知らん小僧に大規模討伐任務など百年早いわ。新参者は大人しくゴブリンでも狩っておけ」

歯に衣着せぬ物言いに、さすがのアキラも消沈してしまう。

だが虎弾の話の中に、一つ耳慣れない言葉があった。

「その、ブラッドスキルというのは……」

「血統固有の力。簡単に言えば、奥義のようなものじゃな」

「じゃあ、それさえあれば俺も――」

「たわけが」虎弾が一蹴した。「奥義と言っておるじゃろ。ブラッドスキルは、数多の死線を越え、戦い抜いた先にしか手に入らぬ絶技。過程を飛ばして手に入るようなちゃちな代物でもないし、まして血を受けたばかりの若造に、真祖の血が応える道理もない。わかったら、さっさと任務を辞退せい」

「それでも……」

アキラは食い下がる。

「俺は、常闇の任務に行かなくちゃいけないんです」

行くではなく、行かねばならない。

その文脈から何かを察したのか、虎弾は少しだけ悲しそうな表情をした。

そのまま肩をすくめる仕草をして、立ち上がる。

「……ま、それでも稽古くらいはな。付けてやろう。付け焼き刃にしかならんだろうが、このまま帰らせるのも忍びない」

顔を上げると、腕組みをした虎弾が、片目を開け、にやり、と笑った。

「が、さっきも言った通り、技を覚えるのは不可能じゃ。やれることは基礎体力の向上と、身のこなし方を徹底的に叩き込むくらいかのう。あまり期待はするな」

「は、はいっ。よろしくお願いします！」

「喜ぶなぼけなす。恐らくな、お前さんは今回の任務で死ぬ。死ぬ奴に時間を掛けるほど儂も暇じゃない。でもお前さんが死ねば新しいニザリの子を担当できる。女の子かもしれん。だから儂は気にせん。ぐふふ。そしたら沢山、体位――体術指南とかできるしのう」

「……」

「なんじゃその目は、師匠に対して失礼と思わんのか」

「おわっ⁉」

「はっはっは、簡単に転びよる。ま、しゃあなしじゃ、やってやる。その代わり、もし生きて帰ってこられたら、ここに酒を持ってこい。一升瓶じゃ。わかったな？」

「えー……」

「師匠に逆らうでない。ほんと近頃の若いもんは。だが、この前の女暗殺者はよかった。儂を蔑む視線。当たらんとわかってるのに、入れる蹴り。ああいう跳ねっ返りは好きじゃ。男は好かんがな」

「うがっ」

また足払いを掛けられた。

「それで、お前さんの名は？」

「アキラです――うおっ」

立ち上がろうとして、また倒される。

「運動神経はあまり良くなさそうじゃな。先が知れてる」虎弾はむむぅ、と唸りながらアキラを見下ろす。「感知だけはまあまあか。まあ成長の遅い分野だから今は役に立たん、と。……よし、やることが決まったぞ小僧」

いや名前で呼ばないのかよ。

すると虎弾がアキラの両足を摑んだ。

「な、なにを……っ⁉」

「アサシン志望なんじゃろ？　まずは柔軟からじゃ。すとれっちーってやつじゃ」

寝転がったまま両足をもたれ、開脚させられる。

いや、すごく恥ずかしいんですけど。なんか凄く嫌だぞこの体勢。

「酷い眺めじゃのう。女の子にやるとそのままぺろぺろーとしたくなるんじゃが、反吐がでるわ」

「なに、言ってんだよっ。いや、マジで、ちょっと、やめ――」

「秘技、股割り！」

「いぎぁっ⁉」

ギチッ、ともの凄い音がした。

いや裂ける。裂けるって。

「痛い！　マジで、マジで痛っ、があぁぁあぁぁああぁぁあぁあッ！」

「ご開帳っ！」

ブチン、と股関節らへんで何かが切れた。やばい。今の音、筋だ。これ絶対筋だ。切れた？　切れちゃったの？　嘘だろ……痛い、痛過ぎる。絶叫が響き渡った。断末魔みたいな声だ。これ自分の声？　マジか。てか泣いてる？　俺、泣いてる？

「なんじゃい、生娘でもあるまいに」

「あ、あが……い、きひ、が……」

「ほれ、修道士」

音もなく誰かが近づいてきて、アキラに青い光を浴びせた。治癒魔法がいるくらいの怪我なのか？　え、拷問？　これ拷問なの？

「じゃあ二回目」

「まってまっ、あぁぁあぁぁあ——……」

五時間ほどしてアキラは解放された。

だがニザリの門を出ても、アキラは中々前に進めなかった。

足を開くと股の辺りがヒリヒリする。おかげで、ひょっこひょっこと変な格好でしか歩くことができない。

本当、最悪だ。足の関節がぼこっ、と大きな音を立てたとき、ヒーラーが「うげっ」と言って顔を背けていたが、あの時、アキラの股はどうなっていたのだろう。

ただその甲斐あって、アキラはバレリーナのように足を垂直に伸ばせるようになった。

でもこれいる？　そんな特技いる？　というか教えられたこと、一つもないんだけど。五時間くらいあったのに。なのにずっと股割りばっか。ばかじゃないのか。しかも明日も朝からこのメニューだという。冗談じゃない。

真夜中のオスタルを一人、ふらふらになりながら歩く。

だいぶ疲れていた。屋敷に戻って早く眠りたい。でも腹が減っていた。

時間的に屋台は閉まっている。やってるのは酒場くらいか。また酒場か。だが他に選択肢もない。考えるのも億劫だった。

「酒でも、飲むか……八尾谷じゃないけど」

アキラはよろよろと手近な店に入り、カウンターに腰掛ける。

そして一本二ローネの串肉を二つ頼んだ。美味いかどうかわからないので、とりあえず二本だけだ。喉も渇いていたので五ローネ払って蜂蜜酒も追加した。

運ばれてきたのは、なんというか焼き鳥だった。カリッカリに焼かれた皮が香ばしく油でてらてら光っている。それを見た瞬間、唾液が溢れ出した。アキラは思い切り肉に齧りつく。口の中で肉汁がじゅわっと溢れて、こってりとした旨みが広がった。旨い。

香草と塩のバランスが絶妙過ぎて、すぐに一本食べきってしまった。間髪容れず二本目に手を伸ばす。すると香水の匂いが鼻腔を突いた。隣に誰か座ったようだ。

「うわ……」という声が聞こえた。

なんだろうとアキラは顔をあげる。すると同い年くらいの金髪の女と目が合った。そいつは、スミレ色のマントを羽織っており、カウンターには槍が立てかけてあった。

「げほっ」アキラは思い切り咽せた。

「ちょっ……服に付くでしょっ！　ほんと最悪なんだけど……」

そう言ってタリサはアキラの隣に腰を下ろした。

「エールを」タリサが酒を注文する。だいぶ体がふらついているが、大丈夫だろうか。

案の定、タリサは椅子に座った途端ずり落ちそうになり、アキラが体を支える羽目になった。強い酒の匂いがした。酔っているのか。一体、いつから飲んでいるのだろう。無理もない。あの後、タリサたちは街を荒らしたことで懲罰金を払わされ、しばらくは無給で任務をさせられることになっていた。他にも色々なペナルティがあったらしい。

「いいザマって、そう思ってるんでしょ」

「そうは、思ってないよ」

「嘘が下手ね」

タリサは酒を呷り、くっくっ、と肩を揺らした。

「あんた、本当に常闇の任務に参加する気なの？」

「……そうだけど」

するとタリサが噴き出した。

「なに？　自殺願望でもあるわけ？」

「簡単に死ぬつもりはないけどね」

「馬鹿みたい」

タリサはこの世の全てを憎んでいるかのような目で、アキラを嘲笑った。

アキラは無言のまま、静かに酒を口に含む。

哀れな女だと思った。

ニーナを失って、行き場のない怒りを阿夜にぶつけて。それでは何も解決しないとわかっているのに、やめられない。そして逃げるように酒を飲む。そうやって自分を蝕んだ先に何があるというのか。でも、わかるよ。そういう気持ち。

アキラも阿夜を失ったあと同じようになったから。

同族嫌悪、なんだろうな。

気がつくとアキラは口を開いていた。

「阿夜とは、前の世界でも友達だったんだ」

「……言ってたわね。そんなこと」

「あいつは、俺のせいで死んだんだ」

タリサが、微かに息を呑む。

アキラは酷薄な笑みを浮かべ、続きを話すために酒を呷った。

「だからここで再会した時、俺、気が気じゃなくてさ……あいつに恨まれてるんじゃないかって、ずっとビクビクしてた。実際、話したら喧嘩になったし。なのに、さ――」

アキラは酒を口に流し込み、タリサに向かって苦笑した。

「心がさ、すごく楽になったんだ」

「どう、して……？」

「言い残したことがあるまま、死別したからかな」

「……」

「タリサ、今回の任務、阿夜が生きて帰ってくる保証はないよ」

「あいつとパーティ組んだくせに、ずいぶん酷いことを言うのね」

「事実だからね」

もちろんアキラは命懸けで阿夜を守るつもりだ。けれど雑魚のアキラがいくら命を賭けた所で、守れない時は守れない。自分の命を差し出し、犠牲にしたとしても助けられない場面は、たぶんある。残念だけど、それが現実だ。

だからもしタリサに阿夜と仲直りする気があって、それをまた今度にしようなどと思っているのなら、その考えは改めるべきだ。次はないかもしれない。

「相手がいるうちに、ちゃんと話をしておいた方がいい」

「……今更、何を言えっていうの？」

タリサが嗤った。

「あたしが悪かったの。ちょっと頭おかしくなって、病んじゃってさ。だからあんたのこと罵倒して殺そうとしたけど、悪気はなかったの。だから許してくれる？　……ふざけないでよ。そんなの無理に決まってるでしょ！」

タリサは髪を振り乱しながら高笑いした。

「だからこれでいいのよ！　どうせあいつも、あたしのことを嫌ってる！　あれだけのことされたんだから当然よ！　裏ではあいつも、あたしの悪口とか言ってるんでしょ？」

「阿夜は、今もお前のことを友達だと言っていたよ」

「……」

「失って後悔しないなら、それでいい。でもそうじゃないなら――」

アキラは酒を飲み干し、席を立った。

「相手がいるうちに、伝えた方がいい」

――俺は、できなかったから。

ただ、それを強制することはしない。その選択もタリサの自由だ。別にアキラはタリサを助けたいわけじゃない。そういう間柄でもない。仲間ならお節介も焼くだろうが、生憎とアキラとタリサは対立する仲だ。それでも、彼女は変われるかもしれない。罪は消えなくとも、前に進むことはできるかもしれない。そう思うからこそ、アキラはその言葉を残し、店を後にするのだった。

しめやかに夜が過ぎていき、次の日が来た。

この日もアキラはニザリの支部で拷問を受けた。ひょっとしてこれは強くなる訓練ではなく、痛みに慣れる特訓なのではないか。そんな錯覚と戦いながらも何とかやりとげた。

朝から日が暮れるまで股割り。股割り。股割り。頭がおかしくなりそうだが、アキラにやれることはこれくらいしかない。徹底的に体を作る。地味でも、それをやるしかない。

その日の夜は八尾谷、八尾谷、ミユキチ、阿夜で集まり酒場で豪勢な飯を食べた。肉やパン、サラダにスープ。途中、八尾谷が酒に酔いすぎてトイレで盛大に戻した。それを皆で思い切りイジって笑った。八尾谷は途中で少し機嫌が悪くなったりしたけど、阿夜もミユキチも終始楽しそうで、悔いが残らないくらいには馬鹿騒ぎできたと思う。

早朝、午前三時くらいに阿夜を連行する馬車が外門前に来るので、日付が変わる前に一度解散し、仮眠を取ることにした。寝る時間は四時間くらいあったが、アキラはあまり眠れなかった。代わりに色々なことを考えた。これまでのことや、これからのこと。

未来はあるのか。その未来は、どんなものなのか。ここで生き残ることに何の意味がある。任務が終わっても、また任務があるだけだ。死は常に身近にある。このサイクルから抜け出せることはもうない。それでも、アキラは生きて行くのだと思う。死ぬまでは、必死に食らいついて、生き抜く。

そして時間がきた。

暗い室内で静かに起き上がり、服の上に装備を取り付ける。革のベルトに短剣を四本、差し込む。革のブーツにレザーアーマー。それだけだ。なんて薄手なのだろう。こんな装備で敵の攻撃を退けられるのか。それでもやるしかない。

食料を入れた麻袋を摑み、部屋を出る。火が消えた暗い街を一人、出口へ向かって歩き出す。夜気が肌寒い。アキラの薄着では、少し心許ない。

朝日はまだ差さない。死地へ向かうには、あまりにも寂しい門出の朝だった。


門の近くへ行くと先客がいた。ミユキチだ。

「早いね」アキラは手を上げた。

「そっちこそ」ミユキチが微笑んで石段から腰を上げた。

「なんか緊張して寝れなくてさ」

「だよね。私も、そんな感じ」

既に馬車は用意してあって、暗がりの中、松明が二頭の黒馬を照らしている。

時間もあったし、何より手持ち無沙汰だった。

だからアキラは、ミユキチになぜ一緒に任務に参加してくれるのか訊ねてみた。

するとミユキチは、むむ、と唸った。

「理由、か……あまり考えたことなかったかも」

「まじ？」

「でも、ないってのは嘘かも」ミユキチが苦笑する。「ただ別にたいした理由はないよ？　なんていうか、罪悪感の問題？　私、そんなにメンタル強くないからさ。アキラくんと阿夜さんを見捨てて、自分だけ楽な方を選択するってのに耐えられなかっただけかも」

「ミユキチ……」

「でもそれは私の都合。アキラくんが気にすることじゃないよ」

「や、でも発端は俺にあるわけだからさ。感謝してるけど、やっぱり、ね……」

「アキラくんって、結構責任感強い？」

「俺が？　ないない」

笑ったら、なぜかミユキチに苦笑された。

「いやあるでしょ？　見ててわかるもん。絶対色々背負い込んじゃうタイプだって」

「……買い被りだよ。俺はそんな人間じゃないって」

それに責任感があるなら、そもそも二人を巻き込んだりはしない。

アキラが背負い込んでいるのは、責任感ではなく、罪悪感だ。

その罪悪感も、責任というよりは無責任から生ずるもので、たぶんアキラは、あまり良い人間ではないのだと思う。

「みんなで、またここに戻ってきたいね」

そう言って、ミユキチは小さくはにかんだ。

「私、このパーティ、嫌いじゃないんだ。そりゃ八尾谷くんは変だし、阿夜さんのこともまだあまり知らないけど、でもアキラくんみたいな人は、嫌いじゃないから」

「嬉しいこと、言うね」

アキラは照れくさくなって鼻先を掻いた。同時に、出発前の憂鬱さが薄れている事に気づいた。ミユキチは意外とパーティの安定剤的な所があるというか、アキラは無意識に、彼女の存在に助けられていたのかもしれない。

「なんか、俺よりもミユキチの方がよっぽどリーダーに向いてる気がするよ」

「そう? 私は、アキラくんの方が適任だと思ったけど」

「……それは、ないっしょ」

流石に笑ってしまう。

「冗談じゃなくて真面目(まじめ)に言ってるんだけどね。少なくとも私はリーダーの器じゃないし」

「そうは、見えないけどね」

「これで私、結構、張りぼてだからね」

ミユキチは卑下するように笑った。緊張してるのか、今日のミユキチはやけに饒舌(じょうぜつ)だ。

「良い子にしていることが板に付いちゃってさ。やめられなくなっちゃったんだよ。本当はたいした人間じゃないのに、無理にそれを演じてる。結局そういう人って、自分で自分の首しめちゃって最後は自滅したりするんだよ。良い子を演じてるだけで、良い子ではない。そうなることができるってだけ。その点アキラくんは変わらないっていうか、安定してるでしょ？　透徹してるっていうのかな。妙な期待とかも抱いてないし。なのに、阿夜さんを助ける時は大きな決断をしたりと思い切りの良さもある。たぶんそういう人の方が、いざって時に頼りになる。だからリーダーは、私みたいな人間よりも、アキラくんの方が適任だと思います」

「……うわあ、なんかそれ、すごく照れくさいな」

自分でもそう思ったのか、ミユキチも顔を赤らめ目をそらした。二人きりということもあってか、妙な空気になってしまう。アキラが意識しすぎなだけかもしれないが。

「なんか、顔、熱くなってきちゃった……」ミユキチが両手で顔を扇いだ。

「じ、じゃあ、この話は終わりってことで。でも、ありがとう。正直、嬉しかったっていうか。俺、あまり人に褒められた経験とかないからさ。だから、頑張ってみるよ」

「私も、協力するよ」

「かたじけない」

互いに微笑みあい、話が終わった所で八尾谷がやってきた。だが顔がぼこぼこだ。片方の目が開いていない。ボクシングでもしてきたのだろうか。剣士なのに。

八尾谷は、あの後すぐヴァリスの支部へ行き、出発直前まで師匠に稽古を付けてもらっていたらしい。恐ろしい精神力だ。

次に、阿夜がやってくる。右手に串肉を持っている。だいぶリラックスしているというか。なにその余裕。ちょっとむかつくんですけど。

「魔法を二つ」
練度が足りないらしい。

「おまえら、ちゃんと技とか覚えてきたんか？」

八尾谷が偉そうにアキラたちを睥睨した。

「私は……」ミユキチは自信なさげに苦笑を浮かべた。「魔法を二つ」

だが、魔法は覚えただけでまだ一度も成功していないという。練度が足りないらしい。

大丈夫だろうか。身を守る術とか。少し心配だ。

「八尾谷は、何を覚えたんだ？」

「基本的な剣術の型と、あとは、瞬間的に筋肉を集約させて放つ上段斬り、名前はデス・スラッシュ。師匠のデス・スラッシュはな、一度食らうとヒーラーが回復呪文唱えても、すぐには完治しないねん。オレの顔みたいに、傷が残るねん。アキラはどやった？」

「え、俺……？　俺は、えっと、股割り、かな」

「なんやそれ、技なんか？」

「いや、違うと思う……」

「ニザリはようわからへんな。暗殺やっけか？　まあ、実戦で使えればなんでもええか」

「みんな、食料はしっかり持った？　忘れ物はない？　途中で野宿するんだからね」

ミユキチがそう呼びかける。

アキラはポケットや麻袋を確認する。たぶん大丈夫だ。

常闇の町までは二日。

今日は、朝から晩まで馬車を飛ばし、夜は街道のどこかで野宿をする。そして明日の昼過ぎに常闇の町に到着する予定だ。任務開始は明日の晩なので、中々の綱渡りではある。

アキラたちは順番に馬車に乗り込み始めた。

その時、ふいに八尾谷が足を止め、遠くを指差した。「なんやあれ」

アキラとミユキチも振り返る。誰かが、こっちへ向かってきている……？

「レイザの人、かな」阿夜が自信なさげに言った。

アキラも最初はそう思ったが、すぐに違うとわかった。そいつは長物を持っていた。

タリサが、アキラたちの前で立ち止まる。

「え……」ミユキチが困惑気味に一歩後ずさった。

「なんの用や」八尾谷はタリサを睨み付けた。

「あたしは、その……」

何かを言いかけて、しかしタリサは口を噤んだ。

馬車に乗り込んだ阿夜が、何事かと、下りてくる。

「誰？」小声で訊ねる。

アキラは「タリサだ」と耳打ちした。

すると阿夜は驚いて、タリサのいる方角に向き直った。

タリサの視線が阿夜を捉えた。

暗い視界の中、タリサは槍の柄を両手で握りしめ、

「……償う時間が、欲しいの」

ミユキチが目を見開いた。

だが八尾谷は鼻で笑った。「冗談やろ。どの面下げて言うとんねん」

するとタリサは気圧されたように八尾谷を見て、ぎゅっと服の裾を握りしめた。

「……もうええわ。はよ行こや。こんな奴に構ってる暇なんてないやろ」

「ま、まって……」タリサが阿夜の赤い外套を摑んだ。

「でも、もう馬車が出る時間だから……」阿夜は逃げるようにタリサに背を向ける。

「お願いだから……」

タリサが縋り付く。

「簡単に許してもらえるなんて思ってない……だから時間が欲しいの。でも、この任務で死なれたら、それもできなくなる……」

「で、でも」阿夜は困惑しているようだった。「わたし、この任務に参加しなくちゃいけないから……」

「わかってる。わかってるわよそんなこと……」

「じゃあどうして——」

タリサはその場に立ち尽くしたまま、苦しそうな表情を浮かべた。

一拍おいて、タリサはアキラたち四人を見回した。

「……あ、あんたたち、このまま任務に参加したら死ぬわよ」

「あ?」八尾谷が一歩前にでた。

「……ひ、酷い装備。そんなんで魔物の攻撃から身を守れると思ってるわけ?」

「なんでお前にそんなこと言われなあかん――」

「でもっ」タリサが遮る。「あたしを連れて行けば、少しは生存率を上げられるはずよっ」

「な、なんて……?」八尾谷が面食らった顔をする。

「もちろん、あんたたちがいいなら、だけど……」

「いいわけないやろ」八尾谷は即座に切り捨てた。「こんな信用できん奴と一緒にいるほうが自殺行為やわ」

「私も……そう思う」ミユキチの返答もそっけない物だった。

それを聞いたタリサが反論しようとしたが、

「また阿夜さんを死なせようと、何か企んでる可能性もあるし……」

先んじて言われたミユキチのセリフに、何も言えなくなってしまった。

「せやな」八尾谷は頷き、アキラと阿夜を見る。「どんなに謝ろうが、やった罪は消えん」

「……っ」

確かに八尾谷の言う通りだ。やったことの罪は消えない。

でも、今日のタリサはなかなか折れなかった。

「信じてはもらえないとは思う。でも……」

タリサが地面に膝を突いて頭を垂れた。

「お願い、します……」

綺麗な服が汚れることも厭わず、タリサは地面に額をこすりつけた。

「あんたたちが、あたしのことが嫌いなのもわかる。こいつをニザリにぶち込んだの、あたしだし、怪我もさせた。阿夜にも、数え切れないほど酷いことをした。それはわかってる。自分がやったことだから。でも……」

タリサが顔を上げる。

「もう一度だけ、チャンスを、ください……」

タリサが槍を握りしめ、まっすぐアキラたちを見る。

「あたしにはもう、何も残ってない……何もかも失って……。でも——」

タリサの眼差しがアキラの方を向いた。

「まだ取り戻せる物があるって言ってくれた人がいたから……」

そして、

「阿夜、あんたにとって、あたしは最低な人間だったよね。ニーナの死の責任を全部あんたに押しつけてさ。これでもかってくらいに、憎しみをぶつけて——」

でも、とタリサが笑う。

「もし間に合うなら……」

タリサがもう一度、頭をさげた。

「あたしを使ってほしい。どんなことでもします。必ず役に立ってみせます。だから……」

何も言わないアキラたちを見ても、タリサは目をそらさなかった。黙ってじっと返事を待っていた。彼女は何かを取り戻そうとしていた。そのために無様に這いつくばって必死に足掻いている。だからもしここでアキラたちが拒絶すれば、おそらく彼女は二度と――

「……どうすんねん」八尾谷がアキラに耳打ちした。

アキラは頭を掻いた。まさかこんなことになるとは思わなかった。一緒に行くだなんて。だがタリサは本気だ。本気だからここに来たのだ。

ミユキチが戸惑いながら阿夜の様子を窺う。

皆の視線に気づいたのだろう。阿夜は静かに、タリサの方を向いた。

「わたしは……」

それはとても勇気のいる発言だったかもしれない。

「彼女を、許したい」

タリサが目を見開いて阿夜を見上げた。

「ほ、ほんと……？」

「正気かお前」八尾谷が揶揄するように阿夜を睨んだ。

「もちろん、皆がいいなら、だけど」阿夜は自信なさげに言った。「それにこれは、わたしの一存で決めていいことでもないと思うから。パーティの問題でもあるし……だから、皆にとって何が最善なのか。それを踏まえて決めたい」

そう言って阿夜は、アキラの方を向く。

八尾谷とミユキチも、タリサも、アキラに視線を移した。

皆、アキラの言葉を待っているようだった。なぜか。それはアキラがこのパーティのリーダーだからだ。だからアキラも応えなくちゃいけない。皆の命を預かる者として、しっかりと考えて、事を決めなくちゃいけない。

「タリサは……」アキラは静かに口を開いた。「騒ぎを起こした罰で、しばらくの間、無報酬で任務をやらなくちゃいけない。当然、常闇の任務も無報酬になる」

八尾谷とミユキチが、そういえば、とタリサを見た。

「それにレイザは、すでに同行メンバーへ報酬を支払ってる。タリサたちが阿夜とパーティを組んだ目的には、この金があったはずだけど、今はそれも貰えない。だから彼女は、何の報酬もないまま、ただ死亡率の高い任務に参加することになる」

もっと簡単な任務を選択することだってできたはずだ。

だがタリサはそうしなかった。雑魚のアキラたちに付き合って、リスクの高い任務に行くと言った。

「信用したわけじゃない。でも、嘘はついてないと思う。それにタリサの言う通り、俺たちには力が必要だ。一緒に戦ってくれる仲間が増えるなら、それにこしたことはない」

何より全員が生き残るためにも、アキラはタリサを入れるべきだと思った。アキラは名ばかりリーダーではあるが、それでも責任や矜持(きょうじ)はある。誰一人死なせずに、任務を終えたい。その確率をあげるためなら、どんなことでもするつもりだ。

少しの間、沈黙が流れた。

最初に頷いたのはミユキチだった。

「……うん、私も賛成。アキラくんの言い分にも納得できた」

それが呼び水になったのだろう。

「……ほな、さっさと行こうや」八尾谷もあっさりと頷いて、馬車の方へ歩き出した。

阿夜が、ほっと胸をなで下ろす。

タリサはほっとしすぎたのか、その場で固まったまま、涙を流し始めた。

「なに泣いとんねん。はよ来いやカス」八尾谷が叫ぶ。

「わ、わかってる、わよっ……」タリサは涙を拭って立ち上がる。

そしてアキラの隣をすれ違う時に、

「……ありがと」

タリサは、小さくそう言った。

アキラはゆっくりと空を見上げた。

「お、朝日だ」

「ほんまやなあ」八尾谷が遠くの空を眺めながら長閑(のどか)な声で頷いた。

「てか、それってヤバくない⁉」タリサが言った。「夜明け前の出発のはずでしょ？」

「マジか」アキラは呻いた。そうこうしているうちに、空はどんどん明るくなっていく。

「はやく乗らないと——ぐおっ」阿夜が馬車の段差に躓(つまず)いて盛大にコケた。

「なにやっとんねん」

阿夜は腰をさすりながら何とか馬車に乗り込む。その姿がどうも年寄りくさくて、ミユキチが噴き出した。タリサも堪えきれず肩を震わせる。

阿夜が何か抗議する声を出したが、八尾谷も笑い出したので、何を言っているかは聞きとれなかった。そのうちアキラも笑えてきて、気がつくと皆で大爆笑していた。

こんな風に笑ったのは、いつぶりだろうか。

ミユキチ、タリサが馬車に乗り込み、八尾谷も乗った。最後はアキラだ。

「楽しい旅にしよう」そう言いながらアキラも馬車に乗り込む。

「あたりまえや！　たんまり稼いだろうやないかい！」八尾谷が快活に答えた。

状況がどんなに悪くても、それでも希望はある。

だから、前を向こう。この広い青空を見ていたら、そう思えるような気がした。

御者が馬に鞭を打ち下ろす。

目指すは常闇の町。だんだんと小さくなっていくオスタルの街を眺めながら、アキラたちは朝日の昇る方角へと進んでいく。

†

一日目は、荒涼とした草原地帯をひたすら馬車で走った。

途中、林や山を見かけたが、魔物と遭遇することはなかった。街道というだけあって、何度かオスタルへ向かう馬車とすれ違ったりもしたが、その程度だ。思ったよりもずっと平和で、牧歌的な旅だったと思う。

夕日が差し始めた頃、御者が馬を停止させた。今日はここまでらしい。

馬車の中は狭く、寝るスペースは御者一人ぶんしかない。なのでアキラたちは日暮れまでに野宿できそうな場所を探さねばならなかった。

辺りを散策すると、街道から少し外れた森の近くに、朽ちた石造りの建物を見つけた。

今夜は草原地帯に布を敷いて雑魚寝かな、と思っていたので、これは嬉しい誤算だ。

だが、うかうかもしていられない。

急に辺りが暗くなり、本格的な夜がやってきた。

「ここは昔、レイザの巡礼路だったから、今でも廃教会がこうして残ってるの。よく傭兵たちが野宿で使ったりしてるわ。レイザ亡き今もまだ結界が残ってるから、モンスターもあまり近づかないはず」

暗い教会内で、阿夜の声が響く。

「レイザって死んだの？」ミユキチが尋ねた。

「昔にね」阿夜は長椅子の埃(ほこり)を息で払いながら答えた。

「じゃあ、力とか弱まってるんじゃないのか？」アキラはそう尋ねた。「だって、真祖がいないと血の力が減るんだろ？」

「減ったわ。それでも実戦に通用するくらいの力は付与されてる。相当力ある血統だったんだと思う」阿夜は手探りで教会の長椅子にマントを広げた。寝床を作ってるらしい。

「そろそろ飯にしようや」

扉が開き、外にいた八尾谷がアキラたちにそう告げた。

外は真っ暗で、視界は焚き火の側しかなかった。その炎が照らせるのも精々数メートルで、辺りは漆黒の闇に覆われている。まるで狭い洞穴の中にいるかのような圧迫感を覚えた。

星がやけに鮮明に見えた。

廃教会の背後は森になっていた。時折、何かの鳴き声が聞こえてくるが、そこは結界を信じたい。

火の近くに行くと、既にタリサと八尾谷が食事を始めていた。タリサもヴァリスの血統だったらしく、二人で血統の内情を愚痴ったりして盛り上がっていた。アキラ、阿夜、ミユキチも火を囲むように座り、袋から食料を取り出す。

アキラは干し肉を焼いて食べた。でも硬すぎて噛み切れなかった。なので容器に入った水に浸し、近くで採った薬草と塩も加え、スープにした。あとはパンと、革の小袋に入ったナッツ類を食べた。決して豪華とは言えないが、星空の下で食事をするというのは中々に悪くない。思いの外楽しかった。

八尾谷が焙っていた魚の干物を火から取り出し、頬張る。良い匂いだ。これは、旨そうだ。干し肉より魚の方が正解だったのかもしれない。

「あげへんぞ」

「別に、いらないって」

本当は食べたかったが、八尾谷も一尾しか持ってないので遠慮する。

「なんか、質素……」阿夜が笑いながら、ぽつり、と呟いた。

「まあ、そうかも」ミユキチも思わず苦笑を漏らした。

「でも、こういうのも悪くないわね」火に当たっていたタリサが微かに笑う。「ちゃんとした仲間と旅するなんて、久々だから……」

「それわかる。わたしもずっと、一人だったから……」阿夜も小さな声で同意した。

ミユキチと八尾谷が、微笑みながら火に薪をくべた。

結構、悪くない雰囲気なんじゃないか。

即席のパーティって感じだったのに、意外と仲良くやれてるというか。なんか、凄く仲間っぽい。時間よりも経験、なのだろうか。色々と大変だったぶん、絆みたいなものが生まれやすかったりするのかもしれない。だったら嬉しい。一応リーダーだから、そういうのは気になる。

途中、タリサが隠し持ってた酒瓶を取り出した。そしたら八尾谷が喜びのあまりタリサを抱きしめようとして、蹴られ鼻血を出した。阿夜が治癒魔法を使って治してあげていたが、魔法の無駄遣いよ、とタリサとミユキチに咎められていた。

タリサが酒瓶を傾け、皆のコップに酒を注いでいく。何かの果実酒らしく、飲みやすく、しかし度数は中々のものだった。なのであっという間に酔っ払った。なんだか、金が入ってからというもの、酒を飲む機会が増えた気がする。堕落しているつもりはないが、酒に逃げてる感は否めない。でもこんな馬鹿げた生活、シラフではやってられない。

とはいってもアキラは酒が弱かった。一杯も飲むともう頭がぼんやりしてきて、眠気が襲ってくる。ミユキチもそうらしい。逆に阿夜、八尾谷、タリサはそこそこ飲める。タリサと八尾谷に至っては酒豪と言ってもいいくらいだ。

「あーっ、はやくオスタルに帰りたいー」タリサが草の上に仰向けになった。瞬間、スカートが盛大に捲れ上がってアキラは目をむいた。あかんこれはあかん。

八尾谷が「おおっ⁉」と叫んだ。そしてミユキチに杖で殴られた。阿夜は冷静に捲れ上がったスカートを直している。というか、男子の前で無防備が過ぎるでしょ……。

「でも」八尾谷がまじめな表情を作った。「帰れん可能性も普通にあるからな……」

何となく暗い雰囲気になり、皆で俯いてしまう。

だが八尾谷の「童貞のまま死にたくねぇ……」の一言で、すぐ瓦解した。

そして女性陣の視線が、八尾谷に突き刺さる。

アキラも呆れてため息をついた。「そんなことかよ」

「ああ?」八尾谷がキレた。「どうせお前も童貞なんやろ」

「そっ……そうだけど、いまはどうでもいいだろ、そんなこと」

「よくねえ」八尾谷が女子三人に向き直った。「――おい、お前ら」

「な、なんなのよ」ミユキチが身構えた。

「お前はどうなんや、ミユキチ。もうやったんか」

「なっ……さ、最低！　普通、女子にそういうこと聞く⁉」

「まさかお前――」

「してない！　したことないから！」

「じゃあ阿夜」

まさか振られると思っていなかったのか、阿夜はぎょっとして八尾谷の方を向いた。

アキラもどきっとして耳をそばだてた。まさかね。いやでも二年もこっちの世界にいるわけだし、男の一人や二人……いるのか。いないのか。いないよな。いないでくれ。

「レ、レイザの修道士には、修道誓願ってのがあって、三年間は異性交遊禁止だから……」

アキラはほっと胸をなで下ろした。

「なにほっとしとんねん」

「し、してないって！」アキラは狼狽（うろた）えながら八尾谷から目をそらした。

すると複雑な表情をした阿夜がこちらを向いていて、アキラは死にたくなった。

「ま、そんな感じか」

「ちょっと、なんであたしをスルーすんのよ」

「お前はどうせ非処女やろ」

「なにその決めつけっ」

「ちゃうんか?」

「あたりまえでしょ……えっ」

八尾谷が「意外やな」と驚きを表した。

ミユキチも呆然と頷いた。「見た目、派手なのに……」

「て、てかなにそれ、あんたら、あたしのこと、そ、そう思ってたわけ⁉ てかなにこの会話っ! もういいでしょ!」

「たしかに」阿夜もミユキチの言葉に同意した。

「せやな。じゃあ今日は心残りがないよう、皆で卒業式でも——」

「こいつ、追放しない?」ミユキチが冷たい声で提案した。

「方法はどうする?」阿夜が本気のトーンで呟いた。

タリサが微笑んだまま、槍を握った。

その瞬間、八尾谷が謝罪したので大事には至らなかったが、ヴァリスの血統は女性も相当な怪力になるという。リヴを見ていただけに、八尾谷もタリサへの口の利き方には気をつけた方がいいだろう。

ぱち、ぱち、と薪が爆ぜる音がして、それに耳を傾ける。ちょっと疲れたかな。ずっと緊張の連続だったし、今日は久しぶりに眠れそうだ。

「ガ……シュ……」

がしゅ？　誰だよ。変な声出してるの。

全身に怖気が走った。

緑色の浅黒い肌が、ぬわ、と闇から飛び出してくる。

全員、猛ダッシュで逃げた。一目散に退散する。

しかし、耳ざとい阿夜が、一足先に状況を把握し、体勢を立て直した。

杖を構え、ソレと向き合う。

「──ゴブリン？」

阿夜は首をかしげながら、音などからそう判断する。

同時に、逃げていたアキラたちは、はっと我に返り、武器を掴む。

「に、逃げて、ごめん……」

「え、ああ、まあ初めてだし、仕方ないんじゃない？」

阿夜は冷静だった。だからこそ恥ずかしくなる。他の皆もそうだ。ヒーラーを置いて逃げるなんてパーティにあるまじき行為だ。しかもゴブリンは剣を持っているのだ。

「一体ね」

阿夜が耳を澄ましながら呟く。八尾谷、タリサ、ミユキチは、暗くてまだ何体いるか判別できていないようだ。戸惑いがちに武器を構えている。

アキラは夜目が利いていたので、視覚的にそれを把握することができた。阿夜の言う通

りで間違いなさそうだ。ならば、

「一気に、やってしまおう」

アキラの声にタリサと八尾谷が頷く。

二人は、左右に分かれ、ゴブリンを取り囲むように、にじり寄った。

アキラも短剣を構え、阿夜を守るように前に出る。

その隣でミユキチが杖を構えた。古い黒檀の杖だ。

そうか、魔法――。

黒衣のセミラミスの血統は、誓約と引き替えに魔力を手に入れ、様々な魔術を巧みに操るという。

ミユキチは詠唱を終えると、

「――ッ！」

舌打ちした。

そのまま杖で殴りかかる。

まさかの打撃だ。不意打ちを狙ったのか。

二段打ち。杖の先でゴブリンを二度、殴りつけた。打撃法らしい。効果はあったみたいだ、ゴブリンは剣を取り落として、頭を抱えた。でもなんか違う感じがする。魔法使わないんだ、という落胆した空気が漂った。いや、がっかりしてる場合じゃない。ゴブリンがひるんだ。一気に畳みかけないと。

しかし八尾谷とタリサは足踏みしていた。視界が暗いのもあって、どうもゴブリンを警戒してしまっている。そうこうしているうちにゴブリンが剣を拾い上げた。

そしてゴブリンは、アキラを見た。

「ギッシャアアア！」

ゴブリンが走り出し剣を振り下ろす。アキラは呆然として動けなかった。

ヒュンッ、と鋭く風を切る音がして、アキラの手が温かくなった。血だ。嘘、だろ。斬られたのか。頭が真っ白になる。やばい、やばいやばい。死ぬって。マジで誰か——。

「かすり傷でしょ！」

阿夜の声で我に返る。

そうだ。腕斬られたくらいで死ぬわけない。落ち着け。あまり痛くない。ただ、傷口は熱かった。傷って熱いんだ。そして斬られた部分だけが動きが鈍くなる。腕が重い。あ、やっぱり怖いって。

だが幸いにしてゴブリンは、アキラに気を取られ、背後が疎かになっていた。

「馬鹿ね」「死ねや」

槍がゴブリンの腹部を貫き、剣がゴブリンの頭をかち割った。

頭蓋が砕ける嫌な音がして、ゴブリンが、どさ、と地面に崩れ落ちる。

倒した。

ちゃんと倒せた。

なのに、全然、喜ぶ余裕がない。ミユキチも、八尾谷も蒼白の表情だ。何の前置きもなく出てきたから死ぬほどびっくりしたし、感触も生々しくて、正直、吐きそうだ。

青い光がアキラの腕に浴びせられた。阿夜はヒール、とだけ呟き、普通だったら何針か縫う傷を一瞬で癒やした。これが、レイザの力……。

「あ、ありがとう……」

「これくらいの傷なら、一瞬で治せる。大けがしても、わたしの魔力が尽きない限りは、治してみせるから、だから安心して」

信じてほしい、と阿夜は言った。

そのセリフは、言葉よりも重い情感がこもっていた気がした。

「ありがとう。本当に……」

アキラは立ち上がる。すると皆の視線がアキラに集まる。

「どっ……」アキラは言葉に詰まった。

「ど？」阿夜が首をかしげる。

「や、その……」

とりあえずリーダーらしいことを言わないと。

「他に、怪我人はいない……よね。俺だけっていうか」

八尾谷も、阿夜もタリサもミユキチも、みんなピンピンしている。

アキラは面目なくなって、空を仰いだ。なんかもう、色々とダメダメだ。

「それより——」阿夜が静かに告げた。「ゴブリンは、なるべく隅の方に隠しておいた方がいい」

「え、なんで？」

「徘徊してる他のゴブリンが死体を見つけると、警戒したり、仲間を呼んだりするから」

「それは、嫌やな……」八尾谷がげんなりした表情をした。

「は、はやく片付けましょう」しかしミユキチはゴブリンを見て固まってしまった。「でも、これ……素手で、やるの？」

「グロい、よな……」アキラは思わず手で口元を覆った。

「じゃ、男子、頼むわよ」タリサは容赦なくアキラと八尾谷に押しつけた。

でもまあ、やるとしたら男の仕事か。アキラと八尾谷はため息をついて、ゴブリンの亡骸へ近づいた。アキラが両足、八尾谷が両腕を摑み、少し歩いた所の、茂みの深い箇所にそれを投げた。なんか罪を犯しているかのような背徳感がある。でもリアルなファンタジーなんてこんなものなのか。そう達観してみるが、良い気はしない。

また火の所へ戻る。

「なんか動いたら、お腹減った……」

阿夜がおへその辺りを擦りながら、ひもじい、という顔をした。

「もうちょい食い物、持ってきたらよかったかもな」八尾谷は星空を仰いだ。

「空腹で大丈夫かな、明日の任務……」ミユキチは心許なさそうに両手を火に当て、暖を取る仕草をした。

「そういえば、ローランの森に、ちょっと名のあるゴブリンの士族がいるんだっけ」

ゴブリン繋がりで思い出したのか、タリサがそんなことを言った。

「あ、それ知ってる」阿夜が反応した。「人によっては、ノスフェラトゥよりそっちの方が要注意だって」

「ノスフェラトゥ化してる可能性も、あるのかね」

アキラが不安を口にすると、八尾谷が渋い顔をした。

「嫌やな、それ。むっちゃタチ悪そうや。まあ、変なのと会ったら、すぐ退散やな」

「だな」

任務の話が出たせいか、少し、しんみりとした空気になった。

またガサガサッと森の中で音がして、辺りに緊張が走った。

だが今度は獣か何かだったようだ。音が遠ざかると、五人はほっと胸をなで下ろす。

なんとも、気が休まらない夜だった。

†

翌日、常闇の町に着いたのは日没後だった。

任務の開始は今晩なので、本当にギリギリだ。

常闇の町は思ったよりもずっと遠く、道も平坦じゃなかった。

アキラたちは暗い町の門を叩く。

討伐任務で来たと告げると門番はあっさりと通してくれた。

だが常闇の町は、想像していたものとだいぶ違っていた。

オスタルは夜も最低限の明るさがあって、活気もある。でもここは闇に包まれていた。

とにかく暗い。ぽつ、ぽつとランタンはあるが、ほとんど照らせていない。鬼火みたいに浮いて見えて、むしろ不気味なくらいだ。

「雰囲気が、だいぶ……」ミユキチが思わず声に出す。

「わかる」アキラも同意見だった。

「何か違うの?」

当然というか、阿夜はあまり動じていない様子だ。

「黒衣のセミラミスとか」タリサが飄々と口を開く。「サガンとか。闇の血統が取り仕切ってる町みたいよ。オスタルはヴァリスが筆頭となって治めてるけど、血筋が違うと、こうも変わるのね……」

闇の血統か。言われてみれば、ニザリの支部とも雰囲気が似ている。

暗くて、じめじめしていて、あれ、過ごしやすいかもしれない。そんなことを思ってしまった。夜目が利いているからか。少なくとも他のメンバーよりはマシのようだ。

「おわ」

八尾谷が木箱にぶつかりそうになった。

「ほんま邪魔くさいわぁ。もっと明かり増やそうや。なんのための明かりやねん。意味ないやん……あ、でも常闇の町って名前やし、コンセプトが崩れるか」

コンセプトの問題か？　いいや、疲れるし反応するのはやめよう。

「時間がないし、傭兵協会の建物を探そう」

はやく任務の受諾手続きをしないと。間に合わなかったら元も子もない。

アキラたちは小走りで兵団の事務所へ行き、正式な任務の受諾を行った。

時間はギリギリで、任務開始の一時間前だった。

そのままアキラたちは指定された野営地へと向かうことにする。

ちなみに他の傭兵たちは前日に到着しており、宿で疲れを癒やし万全の状態らしい。少し羨ましい。アキラたちはこのまま夜の任務に駆り出されるので、体力的な面で一抹の不安がある。

時間が少し余ったので、昨晩のゴブリンから奪った、小さな装飾品や剣を売りに行く。しめて四ローネ。まあ、こんなものか。分配するのが難しいので、一旦、しっかり者のミユキチに預けて、そのうち飯を食べる時にでも使おうという話になった。

待機所に到着する。

そこは森との境界地点に位置する、草原地帯だった。

ローランの森の野営地には幾つもの薪が焚かれ、様々なパーティが火を囲んでいた。テントもある。もの凄い数だ。本当に百人規模の作戦なのだ。それを改めて実感させられる。

アキラたちは空いたスペースを探し、野営地を歩き回る。まだ使われていない薪やテントなどがあり、滞在中はこれらを自由に使って良いらしい。金のある傭兵は宿を使うようだが、アキラたちにそんな余裕はない。この辺で雑魚寝することになるだろう。

周りにいるのが屈強そうな傭兵たちばかりなので、アキラたちはさぞかし浮いて見えたことだろう。場違い感が甚だしいというか、とにかく肩身が狭かった。

だから同じような雰囲気の傭兵チームがいると、遠目からでも目立って見えた。

どうも鎧(よろい)が似合っていない。なんというか、着られてる感のある三人が火を囲んでいた。それにしても既視感というか、懐かしい感じがするのはなぜだろう。

「なあ……」八尾谷もそう思っていたようだ。「なんか見覚えないか」

「私も、なんかそんな気がしてて――」ミユキチも自信なさげにそう言う。

一人がアキラたちの視線に気づいて振り返った。

そしてお互いに絶句した。

そいつは立ち上がり、アキラたちを指差した。

「お、おおお前ら――死んだはずじゃ！」

「なんやねん、その安っぽいセリフは！」八尾谷は笑いながらも、だいぶ驚いた顔をしていた。そして残り二人もこちらに気づいたようだ。「うわっ」と叫び声を上げた。

アキラも思わず笑い声が漏れてしまった。

リョウタ、サダ、チハル。

アキラのクラスメイトだった。

思えば当たり前だ。アキラたちがこの世界で目覚めたのであれば、同じ飛行機に乗っていた他の生徒たちにも、同様の現象が起きているはず。酒場でナガトと出会った時点で、それに気づくべきだった。

アキラたちは、リョウタたちがいる焚き火の場所へ合流することにした。阿夜、ミユキチ、タリサは一度トイレに行くと言い、場所を確認してからここを離れる。

チハルはレイザの修道士。

サダとリョウタは、ヴァリスの剣士になったらしい。

「ここは、常闇の町の外にある平地なんだ」サダが場所の説明をしてくれた。「任務中は、ここにテントを張って野営する感じだ。そんで――」

サダが指差す。

野営地の先には、黒い壁のような森が広がっていた。

五〇メートルを超える巨木が石柱のように立ち並び、暗黒の神殿のように聳えている。

アキラの夜目でも奥はあまり見通せない。深い、太古の森だ。

「あれが、ローランの森だってよ」

そしてこの森はいま、本来いてはならない物たちで溢れかえっている。

ふとサダが、少し離れた所にいたミユキチを発見し、色めき立った。

「ミユキさん⁉」

そう言って駈け出していった。

ミユキ、さん……？

アキラが、首を傾げていると、リョウタが、アキラに耳打ちしてきた。

「あいつ、ミユキチに片思い中なんだ」

それは、驚いた。

でも、そうか。ミユキチ可愛いしな。普通にありえるよな。

いやあ、青春ですね。青春かあ。いいですよね、春って。別に羨ましいとかそういう気持ちはないけどね。だってほら、いまはそんなこと考えている場合じゃないし。気を引き締めないといけないっていうか。俺くらいはね。リーダーだし。

「リョウタは――」

アキラは薪をくべながら尋ねた。

「なんで、三人でこの任務に？」

「ああ……」

すると、阿夜とタリサも隣に座ってきた。ミユキチも置かれた丸太の上に腰掛ける。

「それは私が……」チハルが申し訳なさそうに視線を落とす。

「いや、あれはお前のせいじゃねえだろ」サダが窘める様に言った。

リョウタたち三人が目覚めたのは、ここから少し離れた森林地帯だったという。彼らは彷徨(さまよ)いながらも何とか森の出口を見つけたのだが、途中でチハルが負傷してしまったらしい。リョウタがチハルを背負いながら常闇の町に辿り着いたのはそれから数時間後のことで、チハルは既に衰弱し、虫の息だったという。

「もう、大丈夫なの？」

ミユキチが心配そうに訊ねる。

「う、うん」チハルが力なく頷いた。「良い薬を使ったから……」

「薬？　治癒魔法はあかんのか」

八尾谷が訊ねると阿夜が、治癒魔法は同じ性質の血を持った吸血鬼にしか効かないことを説明した。

またこの世界では、外科的手法があまり発達していないらしい。

よって人の怪我の治療は、基本、薬で行うみたいだ。そしてチハルに使った治癒薬は、珍しい魔物から採取したもので、とても高価なものだったという。

「本当は、吸血鬼化して治癒魔法って流れが理想だったんだが、チハルの容態が思ったより悪くてな。この状態での受血は危ないって言われちまって」

サダが悔しそうな顔をした。

「言っても仕方ないさ」リョウタが火に薪をくべた。「これが最善だった」

「ま、金は掛かったけど、チハルを助けるためだ。仕方がねえよ」サダは炎を見つめながら、くっく、と笑う。「ま、そういうわけでオレらは借りた金を返すためにこの任務に参加したわけだ。金貨なんて普通の方法じゃまず手に入らねえしな。渡りに船ってわけよ」

チハルが申し訳なさそうに肩を縮こまらせた。

三人は、この任務がどれほど危険かということを理解した上で参加を決断したようだ。その点に関しては、アキラたちの動機と似ている。だがリョウタたちは三人で、アキラたちよりも人数が少ない。生存率はよりシビアになるはずだ。

でも、いまはそうじゃなくなった。心許ないかもしれないけど、アキラたちがいる。それが安心に繋がったのかも知れない。

「そっかぁ……」

サダが草原に寝転び、夜空を見上げた。

「オスタル、オレも行ってみてぇなあ」

「終わったら、みんなで戻ろうよ。オスタルに」

気がつくとアキラはそう答えていた。

「けっこう良い街なんだ。酒場とかも、雰囲気が良くてさ」

金がなくてまだ殆ど楽しめていないが、任務が終わればそんなこともないはずだ。美味しい物だって、いくらでも食べられる。

「いいな、それ」リョウタが嬉しそうに口端を上げた。「余った金で打ち上げでもするか」

ミユキチが「賛成」と声を弾ませた。

阿夜も笑っていて、八尾谷とチハルも、タリサも「楽しみだ」と同意した。

全員、わざとらしいくらいに、明るい話をしていた。

不安で仕方がなかったから。

いまからのことを考えるだけで、手は震えてくるし、どうしようもない絶望感に苛まれる。時が経つほどに思考が客観的になり、二日後、何人が自分の隣にいるのだろうか、そんなことを考えてしまう。死のヴィジョンが鮮明になってくる。

もちろん後悔はない。自分で決めたことだ。それにここに来なければ、三人と出会うこともなかった。だからこれは正しい選択なのだ。

大丈夫だ。弱気になるな。

見てみろよ。これだけの傭兵が集まっているんだ。何とかなるって。

長いとはいっても所詮、二日の任務だ。意外とすんなり終わるんじゃないか。終わったら皆で来た道を戻って、途中であの廃教会で野宿して、オスタルへ戻る。そして――。

「説明を始めます」

カイリ班の修道士の女性が、号令を掛けた。

瞬間、全身から変な汗が吹き出した。

もうすぐ、始まるのか。

剣士のナガト、死霊術師のマリアベル、魔術師の男が現れる。

そしてカイリが野外に設置された木のテーブルに、周辺の地図を広げた。

ランタンで地図を照らし、カイリは、ローランの森を指でなぞる。

「見ての通り、無駄に広い。孤立したら助けは期待しないほうがいい。救援も時間が掛かると思え。ここには一〇二名、傭兵がいるわけだが、一度散らばれば、すれ違うことも困難だろう。一寸先は闇だしな。これでも人数不足感は否めない。まあ、王都のお財布事情がせこいのは今に始まったことじゃない。許してやろうぜ」

各所から笑い声が上がる。二ギルダーで安いと言うのだから、恐ろしい。

アキラは顔を上げ、背後に広がるローランの暗い森を眺めた。

「広いなんてもんじゃないよね、これ」タリサが指で唇を触りながら緊張した面持ちで言った。「あたしらみたいな初心者は、あまり深入りしないほうがいいかも」

「確かにな……」八尾谷もいつになく大人しい。

「流れは？　もう始めるんだろ？」女の傭兵が尋ねた。

「まずは朝方までノスフェラトゥを殺りまくる。だが、夜明けまでに全滅させるのは不可能だ。だから残りは昼間に狩る。これについてはあまり気にしなくていい。ノスフェラトゥは光を嫌う習性を持った夜行性の魔物だ。昼間は日差しを嫌って巣に帰って休んでいる。あとは寝込みを襲う感じでサクサクやれるだろう」

「巣の特定は誰がやるんだ」

「予め声を掛けて精鋭部隊を作っておいた。日の出と共に巣へと戻るノスフェラトゥを追跡し、場所を特定しておく。だから気にするな」

どうやらカイリは、アサシン、盗賊、レンジャーといった斥候系の血統を募って追跡部隊を作っていたらしかった。でもアキラは呼ばれなかった。悔しいな。いや嘘です。正直、とてもほっとしております。

「じゃあ、残ったぶんは昼にちゃちゃっと片付けりゃいいんだな？」

「そうだ、だから深追いはするな。朝になったらすぐ撤退、休眠してくれ。任務の延長はなるべくしたくない。この作戦は明日の夕刻をリミットとする。頼むぞ」

カイリの隣にいた魔術師が立ち上がった。

「早く武器を持て。一時的に結界を解いてやる。そしたらさっさと森に入るがいい」

どういうことか、と首を傾げていると、通りがかったナガトが教えてくれた。

彼はいま、ローランの森全土に結界を張り、ノスフェラトゥが外に出ないよう封じ込めているらしい。そしてアキラたちが入るとまた外から結界で塞ぐのだという。

魔術師のヤウレキはいまから数百年前、ここを支配していた王族ローランの末裔(まつえい)で、彼の杖はかつてローランが力を授かったとされる森の神樹からとった最後の一枝だという。

彼の杖に芽吹いていた若葉が枯れ落ち、アキラは何かが失われるのを肌で感じた。

それを合図にカイリたちが歩き出した。「さあ、始めるぞ」

角笛が鳴る。アキラは唾を飲み込んだ。

百余名の傭兵が横に並び、一斉に暗い森へと這入(はい)っていく。

森は異常なほど暗い。よって先導は、夜目の利くアキラがすることになった。
ちなみに、ここにリョウタ班はいない。
森に入る時、この闇で多人数で固まるのは危ないと他の傭兵チームに注意されたのだ。
機動力が落ち、いざという時に逃げられなくなるらしい。一緒に行動するつもりでいたの
だが、経験者の言葉を無視するわけにもいかず、また波風を立てると面倒なことになりそ
うな雰囲気があった。だが、これでよかったのだろうか。別れたものの、三人が心配だ。

†

「にしても、不気味な森やな」

木の幹は、白くすべすべしており、冷たい。石のような感触だ。低い木や茂みもほとん
どない。地面も平らで、森というよりは、柱が続く大神殿を歩いている気分だ。

人の気配もない。敵の動く音すらまったく聞こえなかった。

「さながら、嵐の前の静けさってとこか」

八尾谷は落ち着かないのか、時折独り言を呟く。

「やめてよ、縁起でもない」ミユキチはビクッとして辺りを見回した。

「今のところ、気配はない」阿夜は赤いローブのフードを下ろし、耳を澄ましている。敵
の音を探っているらしい。この闇の中ではアキラの目と阿夜の耳だけが頼りだ。

「でも、ちょっと退屈ね」タリサが肩に槍を担ぎながら欠伸をした。場数が違うのか、彼

女は随分と落ち着いている。ただ、ちょっと気を抜きすぎな気もしなくもない。

アキラは足を止めた。

「遠くに、何かいる……」

雨合羽を着た人間のようだ。でも何かが違う。まず動きがおかしい。

阿夜が静かに杖を構えた。

奴は光を嫌う。だから日差しを避けるため、いつもボロの布きれを羽織っている。そいつも薄汚れた赤い布を羽織っていた。ノスフェラトゥは赤を好む習性があるらしい。

ミイラの様に干からびた皮膚が見えた。背中からは硬化した太い毛のような棘が、二〇本近く枯れ枝のように突き出している。ヤマアラシか何かのようだ。気味が悪い。

そいつがものすごい勢いで駆けだした。

「剣を抜け八尾谷！」アキラが叫ぶが、間に合わなかった。やつは予想を超える速度で飛びかかり、八尾谷を押し倒した。

「う、うぉおぁ……⁉」八尾谷がパニックに陥りながら抵抗する。

「こん、のっ！」タリサが槍を振り下ろす。だがノスフェラトゥは軽々と回避してみせた。

再び加速し、這うような動きで八尾谷に襲いかかる。

だがその間に八尾谷も剣を抜き終えていた。

「オラァッ！」八尾谷が剣を叩きつける。だがノスフェラトゥはそれも軽々と躱し、そのまま八尾谷の背後にいる阿夜とミユキチへ襲いかかった。

ミユキチの悲鳴が上がった。タリサ、八尾谷がぞっとして振り返る。

「だ、大丈夫だっ……」アキラが叫ぶ。何とか、間に割り込み、短剣（ダガー）でノスフェラトゥの牙を押さえ込む。ガチガチ、と牙と短剣が重なり合う音がした。

瞬間、アキラの肩に激痛が走った。かぎ爪だ。奴の手が、アキラの肩を握りしめている。爪が食い込んで血が滴り落ちた。まずい。力が入らない。

そのかぎ爪が、ずぼっと抜けた。タリサが槍でノスフェラトゥを突き飛ばしたのだ。

「ってぇ……くそっ、……嘘だ、ろ……」アキラはその場に倒れ込んだ。

ミユキチが蒼白の表情でそれを見つめていた。アキラは恐怖で上手（うま）く呼吸ができない。だめだ、痛くて立ち上がれない。

「ゆっくり呼吸して」

阿夜がしゃがみ込み、傷口を手で探った。

「ヒール」

阿夜が唱えると、傷口に青い光が灯（とも）った。裂傷がみるみる内に塞がっていく。そして震えるアキラの肩を阿夜が摑む。

「大丈夫？　嚙まれてない？」

「それは、大丈夫……」

「ええからはよ援護しろやッ！　くそッ……！」

八尾谷が剣で斬りかかるが、やつは跳躍し、剣の間合いから逃げた。

　瞬間、背後で構えていたタリサが、

「穿(うが)て――」

　闇の中、金色の光を帯びた一閃(いっせん)がノスフェラトゥの肩を貫いた。

　だが奴は、効いた素振りをみせなかった。そのままタリサに襲いかかる。流石(さすが)にその動きは予想してなかったのか、タリサの顔に焦りが生じた。

「ちっ……」タリサがバックステップで距離を取る。

　それと入れ違いで、ミユキチが前に出た。

「断裂する風刃(ウインド・ミル)――」

　杖を振り下ろす。風がノスフェラトゥを捉えた。が、そのまま霧散してしまった。

「どうして……」ミユキチの瞳が絶望に染まる。

　おそらく練度が足りなかったのだろう。魔法は不発に終わった。

　それでも注意をそらすことはできた。

　気配を殺していたアキラがノスフェラトゥの背中に、短剣を突き刺す。

「――いっ!?」ガキン、という音がして、アキラから変な声が漏れた。短剣が背中の棘に阻まれたのだ。ノスフェラトゥが勢いよく振り返る。頭が真っ白になった。まずい、不用意に近づきすぎた。軋(きし)むような金切り声をあげ、ノスフェラトゥが飛びかかってくる。短剣で何とかガードするが、力が強すぎる。押し負け、そのまま倒された。まずい。牙が、肌に……このままじゃ……誰か助け――

「ギィ……ガッ……ッ⁉」

アキラの目の前で、ノスフェラトゥの口から剣が生えた。

剣が引き抜かれ、八尾谷の姿が視界に入ってくる。

「や、やったか……？」八尾谷が訊ねてくるが、どうだろう。次の瞬間、どさっと、ノスフェラトゥがアキラに倒れかかってきた。アキラは無我夢中でそれを押しのけ、そのまま地面に仰向けになった。

「……はあっ、はあっ」

暫くそのまま動けなかった。

恐怖で体が震え、力が入らない。吐きそうだ。

ノスフェラトゥは倒せた。

なのに誰一人として、喜びの声を上げない。

たった一体。それを五人がかりでやって、このザマか。

もし複数のノスフェラトゥに襲い掛かられていたら、どうなっていた。全員、死んでいたのではないか。想像した瞬間、怖気が走った。

八尾谷が阿夜に傷を治してもらっている。思ったより深そうだ。表情が青ざめている。

だが魔法の力は偉大だ。青い光を浴びると、八尾谷の傷はたちどころに元通りになった。

「ま、最初はこんなもんでしょ」

タリサがスカートをぽんぽん叩きながら血の付いた槍を地面の草で拭う。

「苦戦するのは元々わかってたことだし。それでも勝ったんだから、悪くないスタートなんじゃないの」

まさかタリサに励まされるとは思ってなくて、アキラは呆然としてしまった。

「な、なによっ……別に、あんたをフォローしようとかそういうんじゃないから。変に誤解とかしないで」

八尾谷、ミユキチ、阿夜が、それを見て苦笑した。何と言うか、もう少し素直になれば良いのに、と思わなくもないが、そこがタリサらしさなのかもしれない。

アキラは立ち上がり、深呼吸した。

「とりあえず一体は倒せたし……」アキラは敢えて明るく振る舞った。「少なくとも、倒せない相手じゃないってことがわかったのは、収穫かな」

「だいぶ、ギリギリやったけどな」八尾谷はため息交じりに苦笑した。

「私は……その、なんか、ごめんなさい」ミユキチはだいぶしょげている様子だ。でもこれは仕方がない。魔法は扱いがだいぶ難しそうだ。

「てか、いま思ったんだけど……」タリサが阿夜を指さした。「あんたのその赤マントってもしかして……」

「え、なに?」阿夜が首を傾げる。

「あ、ほんまや、背中に穴開いとるわ。ノスフェラトゥのマントやんけ」

「え、そうなの……嘘、やだ気持ち悪い」

「いや、ずっと着てたし今更でしょ……」アキラはそう指摘した。

「穴が開いてて、安かったの。オスタルで、五ローネで、生地も厚かったし。赤いから修道士にぴったりだって……また騙されたのね……」

「騙したわけでは、ないんじゃないかな」ミユキチがフォローするように言った。

「でも、ノスフェラトゥが着てたものを装備するのは、ちょっとね」

そう言ってタリサが、うげえ、という仕草をした。

阿夜は、渋い表情のまま固まっている。ちょっと傷ついたのかもしれない。

「でもじゃあ、これは売れるってこと？」

ミユキチが言うと、八尾谷が顔を顰めた。

「マントがねえ。とりあえず回収しとくか」

そう言って八尾谷が剝ぎ取る。

しかし棘に貫かれているので、中々外しにくそうだ。アキラも手伝う。

剝がし終わると、

「うわ、グロ……中身こんな感じなんだ……」ミユキチがしゃがみこんでノスフェラトゥを観察する。

「元はゴブリンだったのかね……」アキラも隣にしゃがみこんで頷いた。「あばらが浮いて骨と皮だけになってるのか。乾燥してて本当、ミイラみたいだ」

「嚙まれるとオレらもそうなるんか……嫌すぎるな」

「そうならないためにも、がんばろう、かね……というか、本当に気持ち悪いな」

　アキラは吐き気を堪えながら、ノスフェラトゥの亡骸を木の根元に転がした。

　阿夜とタリサは、アキラたちよりも二年ほど早くこの世界に来ているが、いまだブラッドスキルは持っていない。

「原因はニーナの死にあるのかも」歩きながら阿夜は言った。

　彼女の死を境に、阿夜とタリサは心身共に停滞した時期があった。

　血というのは正直で、怠惰であったり、逃げ癖のある吸血鬼にはいつまで経っても応えようとはしない。正しく研鑽し、幾多の試練を乗り越えた先でないと、力は手に入らないという。

「ならオレらとあんま変わらんやんけ。先輩風吹かせとるんちゃうぞ、ビッチが」

「ねえ、リーダー。こいつ殺してもいい？」

「戦力が減るから、任務が終わってからなら……」

「いやそこは止めろや。リーダーやろが」

　結局、八尾谷はタリサに尻を刺され阿夜に治療を受けた。そして阿夜は魔力が減ったと半ギレになり、次やったら見捨てる、と八尾谷とタリサに詰め寄っていた。

「足音……」阿夜が耳を澄ませ、そう呟く。

「二体、かね」アキラは目視で数を伝えた。

するとハ尾谷が阿夜を担いだ。「逃げるか」

頷き、慎重にその場から遠ざかる。

アキラたちは、徹底して複数で行動するノスフェラトゥとの戦闘を避けた。

狙うのは、一体で行動している奴だけだ。それでも十分過ぎる相手で、特にゴブリンのノスフェラトゥならいいが、オークやグリズリーになると敵わない。その場合は相手が一体だけでも逃げる。一度、ひょろ長くて気味の悪いノスフェラトゥと遭遇した時は、視界に入った瞬間、問答無用でダッシュした。

それでも逃げ切れない時は、

「ほな頼むで、アキラ」

「……わかった」

アキラが囮になる。

アキラは短剣を抜き、一人、ノスフェラトゥに立ち向かっていく。

「無理はしないで！」阿夜がハ尾谷に担がれながら叫んだ。

もちろんそのつもりだ。

だが意外にもアキラは、この囮作戦が性に合ってる気がしていた。

ニザリの血統は体が柔らかくなり、体術スキルが習得しやすくなる。アキラは術や技の習得こそしていないものの、股割りをされたおかげで身のこなしはだいぶ柔軟だ。

ある程度の時間を稼いだら木の後ろに隠れ、気配を消す。その後、木に登り、奴らが去るのをじっと待つ。ノスフェラトゥは意外と気が短い。捕まえるのが難しいとわかると、あっさりと次の獲物にシフトして去って行く。だから手の届かない所へ逃げてしまえば、リスクは殆どなくなる。

奴らが消えたのを確認し、アキラは八尾谷たちの所に戻った。ざ、と足音を立てると、八尾谷たちが武器を構えた。

「俺だよ」

アキラが手を上げると、全員、ほっと胸をなで下ろした。

「……大丈夫？」ミユキチが気遣う様に訊ねてくる。

「なんとか。ただ、少し疲れたかな……」

アキラは巨木に寄りかかり、深呼吸をする。

「なんか悪いわね。全部押しつけて」タリサはそっぽを向きながらアキラを労った。

「でも夜目が利くのも、足音消せるのもお前だけやしな。ま、頑張れや」

八尾谷はどこか偉そうでムカつくが、怒ると体力が勿体ないので、アキラは無視することにしている。というか地味にみんな元気だ。単にアキラが動き過ぎなだけか。

道を歩く時は、アキラが斥候となって前を歩き、安全が確認できてから四人が進む。

これが一番リスクが少ないので、方法自体に文句はないのだが、一人でやってると、たまに後ろの四人が羨ましくなる。アキラも人の子なので、人並みにはストレスを感じるし苛々もする。そうでなくても偵察はだいぶ気の張る仕事だ。孤独な作業だし、道の先にノスフェラトゥがいたら、細心の注意を払って気づかれずに立ち去らねばならない。そしてその都度、新しいルートを提示する。そこもダメだとまた回り道をする。一度、ノスフェラトゥが進路を変え鉢合わせしてしまった時は、八尾谷にしこたま怒られた。その時は流石にムカっときて言い返したが、前線に立って体を張るのはいつも八尾谷だ。この時も八尾谷が体を張ったおかげで他の皆は無事だったし、結局、治癒魔法を一番かけてもらっているのもこの男だ。彼も彼で、気を張る部分は多いのかもしれない。

「――っと」

何度目かの偵察中、アキラは木の上で立ち止まって、目を細めた。

闇の中で、剣を打ち合う音が聞こえたのだ。

誰だろう。様子を見るため、足を速める。

見つけた。リョウタとチハルだ。サダもいる。

――あれ、まずくない？

ノスフェラトゥが二体？　いけるのか？　三人で。いや、どうみてもいけてない。

チハルがリョウタに守られながら震えている。

剣士の二人、リョウタとサダが、何とか一体ずつノスフェラトゥの相手をしてるが、相手をしているというよりは、凌いでいるに近い。まずい。このままだとジリ貧だ。

なぜ逃げなかったのか。違う。チハルたちには目となる血統がいない。敵に囲まれるまで、気づけなかったのだ。なのにリョウタたちは、何も言わず別行動することを了承してくれた。本当は不安もあったんじゃないか。こうなる可能性をアキラは考えもしなかった。大人数で動けば、機動力が落ち、逃げるのが不利になる。そう言った傭兵の言葉を思考停止で聞き入れ、アキラは三人を危険に晒した。

アキラは短剣を抜く。

後ろを振り返るが、八尾谷たちの姿は見えない。一人で前に出すぎたようだ。

助けを呼びに行く余裕はない。そう思った瞬間、リョウタが攻撃を防ぎ損ね、体勢を崩した。アキラは反射的にノスフェラトゥに短剣を投擲した。それがノスフェラトゥの体に突き刺さる。

奴はすぐにアキラを見つけた。唸るような警戒音を出し、アキラがいる木の根元に集まってくる。さあどうする。考えろ。とにかく戦闘は無理だ。アキラに彼らを倒す力はない。

でも、三人を逃がす。それくらいなら、アキラでも何とかなるかもしれない。

隣の木に飛び移る。それを繰り返す。落ちたら死ぬ高さだ。こんな怖いことよくできるな、と自分でも思うが、なぜか行けると感じてしまう。ニザリの血が本能的な恐怖を消し去っているのか。二体が追ってきていることを確認し、アキラは枝の上で踵を返す。チハルたちは暗くて何が起きたかわかっていないようだ。だがノスフェラトゥは違う。目が良いのか、嗅覚が鋭いのか、しっかりとアキラを捕捉していた。

木が途切れていたので、アキラはスルスルと幹を伝い地面に着地する。そのまま足音を消し、闇に紛れた。ノスフェラトゥが警戒音を出している。その音を頼りに背後に回る。

そして石を拾い上げ、二体に向かって投擲した。運良く一体に当たって、そいつはめちゃくちゃ怒りだした。

アキラは全速力で闇の中を駆けだした。音に気づいたノスフェラトゥが追ってくる。

「け、けっこう速くねっ⁉」

振り向く余裕などないが、足音というかマントがはためく音がすごい近くでしている。ちょっとヤバいんじゃないの。射程というか、飛びかかられたら確実に死ぬ。てかこいつ、だいぶ速い。さっき倒した奴よりも明らかに俊敏だ。いったい何のノスフェラトゥなのか。ゴブリンではなさそうだ。そろそろ木に登らないとヤバい。木、どの木にしよう。どれでも良いだろ早くしろ。

幹に足を掛けようとして、足が滑った。ぞっとした。なんでこんなツルツルなんだよ。冷や汗がどっと溢れ出す。アキラは殆ど半泣きで、死に物狂いで木をよじ登る。

木から木へと飛び移る。早く仲間のところに戻りたかった。だがはやる気持ちに身を任せ足を滑らせたら、間違いなく奴らの餌食だ。でもそれはあまり考えないようにした。変に意識しすぎると足が竦んで逆にミスを誘発する。とにかくリラックスを心掛けよう。心を落ち着けて——いや無理でしょ。リラックスとか不可能でしょ……。

めげそうになりながらも何とか進む。

すると視界の先に八尾谷たちを見つけた。助かった。皆と目が合う。状況を察してくれたのか、ミユキチが頷いてくれた。それだけでアキラは本当に安心してしまう。やっぱり持つべき物は仲間というか。

だが甘えてはいけない。アキラは斥候で失敗し、ノスフェラトゥを二体も連れ帰ってきた。失態分は、働かねばならない。

アキラは木の周りを旋回するノスフェラトゥを確認し、一度、仲間から遠ざかるように迂回(うかい)した。八尾谷たちの存在を気取られないようにし、不意打ちを仕掛けるのだ。

樹上を渡り歩き、ノスフェラトゥを広い場所へと誘導する。

木陰からミユキチが顔を出した。どうする？　と口パクで訊ねてきた。

アキラの目にはしっかりと見えていたので「お願いします」と頭を下げた。するとミユキチはまかせて、と腕まくりをした。大丈夫だろうか。そこは大丈夫と信じたい。

「――ウィンド・ミル」

ミユキチが小声で、小さく杖を振った。そよ風が巻き起こった。失敗か。いや違う。標的は最初からノスフェラトゥではなかった。

誰もいない、落ち葉の積み重なった地面。そこが、がさがさ、と風に揺れた。

奴らの関心がそこに集中する。

「――死ね」タリサの声だ。

「ギギ……」ノスフェラトゥが苦悶(くもん)の声を上げた。タリサの槍が奴を串刺しにしたのだ。

槍の穂先は木に深々と刺さり、磔(はりつけ)にされた一体は動けないでいる。

凄い。タリサがガッツポーズを取って笑おうとして、表情が強ばった。

「ギ……ギ……」ノスフェラトゥが槍に貫かれたまま、前進し始めたのだ。

串刺しのまま、タリサに近づき口を開く。

あまりのおぞましさに、タリサは動けずそれを見つめて――

「馬鹿野郎！」八尾谷が剣を一閃する。

タリサがその隙に逃げる。だが槍は木に刺さったままだ。まずい、丸腰になってしまった。そして最悪なことにノスフェラトゥは八尾谷の一刀を食らっても、まだ動いていた。

そのまま八尾谷と交戦状態に入る。

そして武器を失ったタリサに、もう一体が襲いかかった。

させるかよ。アキラが木の上から短剣を投擲する。三本中、一本が奴に命中した。しかし止まらない。嘘だろ。痛覚がないのか。

「タリサ！」アキラの叫び声でタリサがなんとか我に返る。相手の攻撃をかいくぐり、武器の方に向かった。しかし今度は阿夜とミユキチが無防備な状況になった。

タリサが急いで槍を取りに戻るが、間に合わない。八尾谷はもう一体と交戦中だ。アキラは木から飛び降り、地面を転がった。そのまま落ちている短剣を拾い、ノスフェラトゥに投擲。しっかり背中に刺さった。なのに奴はそれを無視してミユキチと阿夜に襲いかかった。

同時に別の箇所で八尾谷が地面に倒された。そのまま仰向けになりながら、かぎ爪を剣で受け止めている。ヤバい。力負けして、八尾谷の喉元にどんどん牙が近づいていき、ズシャ、という音がしてノスフェラトゥの首が落ちた。

「やっぱり、八尾谷たちだったか……」

リョウタが、剣を振り下ろした体勢で、こちらを見た。

「アキラ、さっきはありがとよ！」

振り向くと、阿夜とミユキチの前に、サダが立ちはだかっていた。

サダが敵と鍔迫り合いになり動きを完全に止める。その隙にチハルが、杖でノスフェラトゥをぼかすか殴る。効いてるのか。でも硬そうな木だし、ダメージがないってことはないだろう。

「よっしゃチハル！　ボコれ！　ボコれ！」

サダが煽る。チハルが殴る。連携？　というかいじめに見えなくもない。

結局、槍を取り戻したタリサがそいつを串刺しにして、戦闘は終わった。

「命拾いしたわ……」

八尾谷が、真っ青な顔でリョウタに礼を言った。

その横では、チハルが八尾谷の傷を治してくれている。

アキラはその光景を見ながら、顔面蒼白で立ち尽くしていた。

自分が迂闊にノスフェラトゥを引き寄せたせいで、危うく仲間を失う所だった。

手が震えて、上手く短剣を鞘に収めることができない。

そんなアキラの肩に阿夜が手をのせた。

「アキのせいじゃないから」

阿夜が小声でそう言った。

「え？」

「単にわたしたちのレベルが低いだけ。強いて言うなら全員の責任」

「ひょっとして、慰めてくれてる？」

そう言ってアキラは卑屈な笑みを浮かべた。

しかし阿夜は首を振った。

「一人で背負いすぎ。見張りとかも、辛い時は言ってくれないと。パーティなんだから」

「は、はい……」

「怪我は？　大丈夫？」

「あ、うん。擦り傷程度だから」

「それでも、治しておいた方がいい。今ならまだ魔力にも余裕があるし」

本当は、全然へっちゃらだったのだけれど、なんだか酷く疲れていて、少し甘えたい気持ちが出てしまった。アキラはそのまま阿夜に寄りかかりながら、じっと傷が癒えるのを見ていた。

タリサが槍の血を落ち葉で拭う。

しかし串刺しのまま近づいてきたノスフェラトゥのショックが抜けきらないのだろう、言葉数が少ない。八尾谷も、黙ったまま剣を見つめている。

圧倒的に、経験値が足りていないのだ。

その点、リョウタたちの方が冷静だった。

何が三人を助けるだよ。これではまったくの逆ではないか。

「アキラ、これ」リョウタが短剣を拾ってくれる。

「これもっ……あと、さっきはありがとう」チハルも短剣を手渡す。アキラがチハルたちを助ける時に投げた短剣だ。拾って持ってきてくれたのか。

「あ、ありがとう」アキラはぎこちなく礼を言ったが、感謝したいのはこちらの方だ。

「なあアキラ」

リョウタが言う。

「俺たちもさっきやばかったしさ、こっからは、合同で狩らないか」

願ってもない申し出だった。むしろ、こちらから頭を下げてお願いしたい。

頼りないリーダーだよな。名ばかりリーダーだとしても、酷すぎる。もっとしっかりしないと。

その後は二班合同でノスフェラトゥを狩る手はずとなった。

強いパーティの場合、大人数での狩りは逆に足をひっぱるらしいが、ルーキーのアキラたちには、この方が合っている気がした。むしろ人数が増えることで、ノスフェラトゥを挟撃したりと効率が上がったくらいだ。

危ない局面は何度もあった。

でもその都度、阿夜とチハルが傷を治してくれる。ヒーラーが二人いるのは心強い。おかげで何とか討伐数を増やしていくことができた。

そして数時間後、漸く視界が明るくなってきた。

ああ。

朝が来たのだ。

「なんとか、一日目は乗り切ったかね……」

アキラは木に倒れ込みながら、そう言った。

皆、体を限界まで酷使しており、返事は少ない。そのまま重い体を引きずるようにして、アキラたちは草原地帯の待機所へと戻った。そしてカイリたちが提供してくれるテントに入り、休息を取る。

タリサ、ミユキチ、阿夜、チハルは女子テントへ。

アキラ、八尾谷、リョウタ、サダは男子テントへ。

布を敷いただけの簡素な床はごつごつしていたが、装備や服を丸めれば、何とか寝れなくもない。どうせすぐに起きて討伐を開始しなくてはならないし、寝心地は悪い方がいい。吸血鬼の体は人間よりは頑丈に出来ている。仮眠程度でも復活できるだろう。

起きると、少し霧が出ていた。

いまは昼間なので、それでも視界はマシだが、この状況ではアキラの目もあまり役立たないだろう。ちゃんと先導できるか、少し不安だ。

「さて、気張って行くか。あと少しやしな」

欠伸をしながら、八尾谷が皆を鼓舞した。なんかリーダーっぽい。

リョウタとサダは、既に起きており、焚き火で肉を焙っていた。昨日倒したノスフェラトゥの布や、身につけていた物を売っぱらった時の金で買ったらしい。

アキラと八尾谷は近くの屋台へ行き、温かいスープを買った。そこに焼いた干し肉を浸し、軽い朝食をとる。女の子たちは何処かに食べに行ってるようだ。もうすぐ帰ってくるだろう。

途中でカイリのチームにいる修道士の女性――金髪碧眼の綺麗な人だった――が夜の任務での死傷者、そしてノスフェラトゥ化した人の数を列挙していく。

「死亡者は六名。うち四名がノスフェラトゥ化しています。任務はこれから山場に入ります。油断せず、最後まで丁寧な仕事を心がけて下さい。また怪我をしている方、ヒーラー欠員の方は私の元へ。治癒魔法を掛けますので」

メンバーが集まらずヒーラー抜きでやっている人もいるようで、一〇名ほどが並んでいた。皆、結構疲弊している。やはり一筋縄ではいかぬ任務ということか。

「なんというか――」サダが長めの黒髪をかき分けながら苦笑を漏らす。「人生、ハードモードっつうか。マジでこんなこと続けてて、体保つのかな……」

「それな……」アキラも同じ気持ちだった。疲れてるだけかもしれないが、少し弱気になっていた。森の中ではそうでもなかったのだが、いざ離脱してみると、もう一度あそこに入ってノスフェラトゥと戦う気にはなれなかった。

「なあ八尾谷、お前、任務の後はどうすんの?」リョウタが尋ねる。

「なんて?」

「チハル、お前の彼女だろ」サダが何食わぬ顔で言った。「一緒にパーティとか、組むんじゃないのか。俺らはさ、即席のパーティだったから」

「ああ……それはオレも考えとったわ。まあ、任務が終わってオスタルに帰った時にでもチハルと話してみるか」

アキラは、一人呆然と固まっていた。

それに気がついた八尾谷が首をかしげる。

「あれ、言ってなかったか?」

「う、うん」

「色々立て込んでたしな。うっかりしとったわ……すまん」

「や、全然、いいんだけどね」

しかし、八尾谷とチハルがね。へえ、なんか青春、みたいな? というか青春してたんですね。充実した高校生活を、ですか。ふーん。まあ、全然、全然動揺なんてしてないですけどね。ふーん、本当、ふーんって感じ。

ただ八尾谷が抜けるかもしれないという事実には、思いのほかショックを受けていた。生き残れたとしてもこのパーティが続くとは限らない。そんなこと、考えもしなかった。何となくこのパーティでずっと行くものだと思っていて、でもそんな保証はどこにもないのだ。八尾谷だけじゃない。タリサだって、いまは阿夜への償いで一緒にいるだけで、任務が終わったら別のチームに移るかもしれない。彼女は経験者だし、もっといいパーティも組めるはずだ。

ミユキチは、どうなんだろう。それすらわからなくなってきた……。

やめよう。意味がない。任務に集中しないと。まずは生きて帰ることが最優先だ。

午後二時の鐘が鳴り、カイリたちが帰ってきた。

ノスフェラトゥの巣を探しにいった選抜部隊も一緒だ。

でも、だいぶ遅かった。なにかあったのだろうか。

「全員いるな」カイリは血に塗れた遺体を二つ、地面に投げ捨てた。

嘘だろ、死んだのか。

「これは……？」カイリのチームの修道士が尋ねる。

「途中で見つけた。恐らく、朝方に活動状態のノスフェラトゥに襲われたのだろう。アサシンとレンジャーだ。そう油断するタイプの奴らでもない。おそらくは力負けしてこうなったのだろう」

「感染源は倒したのですか？」

「まだだ。特定が遅れてる。あらかたのノスフェラトゥを倒したと思ったんだが、思ったよりも数が増えてる。ローランの森にいるゴブリンの士族は覚えてるな？　そいつらも感染してたんだ。俺たちで七〇体ほど処理したが、まだ掛かりそうだ」

カイリは少し疲弊しているようだった。

「起きろ、お前ら！」

カイリの怒号が響く。

「すぐに行動開始だ！　東は全て殺し終わって、ヤウレキが結界で封鎖した。あとは西の方に行ってくれ。終わろうが終わるまいが、夕刻には一度ここへ帰還しろ。いま奴らは眠っているから寝込みを襲えば簡単に殺せる。躊躇うな。処理に近い気持ちで臨め」

各所から同意の声が上がる。熟練の傭兵たちは、まだ余力がありそうだ。

「人数が少ないぞ」カイリの横にいた魔術師、ヤウレキが言う。

「何人か、まだ帰投してないからな。森の深部へ行った奴らだ。ノスフェラトゥは眠っているし、殺されることはないと思うが……」

「光の届かぬ場所であれば、昼夜関係なく、奴らは動く。油断はするな」

「わかってる」

アキラたちも装備を点検し、準備にとりかかる。

霧はあるが、ノスフェラトゥが寝ているのであれば何とかなるだろう。

だがこの視界で任務の延長はしたくない。夜はおそらく昨日のようにはいかない。金は欲しいが、それは命あっての物種だ。死んだら元も子もない。

最悪、辞退も考えよう。

そんなことを言ったら皆に怒られるかもしれないけど。それに阿夜のこともある。

結局、キツくてもやるしかないのだろう。

開始の角笛が吹かれる。

皆の足取りは、昨日よりも重い。

その体に鞭打って再び森へ。霧深いノスフェラトゥの巣窟へと足を踏み入れる。

†

「おれへんやん。どこにも」

「だね……」チハルが八尾谷の隣で頷いた。

「カイリたちが倒したんじゃない？」タリサが槍を肩に担ぎながら欠伸をした。

「だったら俺たちは、駆り出されないだろ……」

とは言ったものの、たしかに森には平和な雰囲気が漂っていた。

現在、アキラたち八人は、あてどなく森を彷徨っている。

歩き始めてすでに一時間以上が経過しているが、ノスフェラトゥとの遭遇は一度もない。

先発隊から巣の場所は聞いてたので見当違いな所を捜索してるつもりはないのだが、ぶっちゃけアキラは巣の見た目も知らないので、見逃している可能性は大いにあった。大丈夫なのかこれ。せめて手がかりとかがあればいいのだが……。

げんなりしながら濃霧の中をかき分けていると、

「あれ……」

アキラは足を止めた。

「な、なに？」阿夜が訊ねる。

「あれじゃないかね。ノスフェラトゥの巣」

岩のくぼみ、だろうか。

薄い布が掛けられた、住処みたいなのがある。

恐らくはゴブリンか何かが生前に使っていて、ノスフェラトゥ化したいまも、そこを寝床にしているのではないか。彼らも生きている。人と同じように生活し、食事をする。相容れないだけで、根本は同じだ。

「行く？」タリサが槍で突く仕草をする。

まあ、行くしかないだろう。でも、

「まず俺が、様子を見てくるから」

「アキラが？」サダがぽかんとした顔をする。

「いや、ほら、俺、足音とか気配、少し消せるし。もし起きて待ち伏せとかされてたら、色々やばいから」

「アキラ、おまえって意外と用心深いんだな」サダがくすり、と笑った。

「不用心よりはいいだろ」

皆が怪我するのは見たくないし。

事前に排除できるリスクがあるなら、取り除いておくに越したことはない。

「気をつけて、ね」

阿夜が声を掛ける。

「まあ、すぐ戻ってくるし」

それに深入りするつもりもない。怖いし。

ゆっくりと、息を吸う。

ニザリの体というのは不思議で、重心をいろんな所に集めることができる。音を消したいと思えば、自然と歩調がそうなるようにできている。霧も相まってアキラはすぐ景色に溶け込むことができた。そのまま静かに洞窟に掛けられた暖簾（のれん）のような布をくぐり、洞穴の奥へと進む。ああ、いた。三体だ。すやすや眠っている。

一瞬、短剣を抜いて全部済ませてしまおうかとも考えたが、やめた。一体は仕留められそうだが、途中で残りの二体が起きるかもしれない。そうなると色々と面倒だ。それに殺すなら、剣や槍といった長物の方が確実だ。アキラの出る幕ではない。とにかく敵の数はわかった。そう思い、即時撤退する。

戻ってそのことを話すと、

「おっしゃ」剣士のリョウタとサダが前に出た。「昨日はアキラに助けられたしな。ここらで少しは借りを返さねえと」

「いや、最後はこっちも助けられたし……」

「まあ、そう言うなって」

「あたしも行くわ」

タリサが加わり、三人が洞窟に入ることになった。

アキラを含めた残りのメンバーは、入り口近くに待機する。

やがて、穴の奥で変な叫び声と刃の当たる音が響く。

――大丈夫なのだろうか。

数分後、タリサたちが赤いマントを担いで意気揚々と戻って来た。

アキラはほっと胸をなで下ろした。

「結構ちょろかったぜ」リョウタが言う。

タリサとサダも、余裕の表情だ。

三体処理するのに、一分も掛からなかったという。

寝込みを襲うというのは、思ったよりもずっと効率的で、いわば不意打ちなので、戦闘に発展することもない。

「なら、さっさと終わらせちまおうや」八尾谷が剣を抜いた。

任務は夕刻までだが、頑張り次第では、早く帰れることだってあるはずだ。

「でも油断だけはしないように。あと巣を見つけたら言ってね。俺が見てくるから」

アキラたちは次の巣を探し、森を徘徊する。

霧の中で頼りになるのは耳だ。

「止まって、あっちにいる」阿夜が静かに指を差す。

目が役に立たない状況での阿夜はとても心強い。

風の種類、葉音、色々なものを聞きわけることができる彼女は、誰よりも早くノスフェラトゥを察知することができる。

狩ってる内に、襲撃を警戒し、起き出してくるノスフェラトゥも出てきた。

しかしコツを摑めばそこまで厄介な連中じゃない。正直、嚙まれさえしなければいいわけで。爪の攻撃は完璧には避けきれないが、こっちにはヒーラーが二人もいる。言ってしまえば、かすり傷くらい何ともないわけで。

そして歩き続けること更に一時間。

ようやく森の最深部へと辿り着いた。

この辺から、森の景色が変わってきた。太古の森のような、原始的な植物が増え、茂みや気味の悪い虫などが散見されるようになった。八人は足元に気をつけながらゆっくりと進む。地面が湿っている。木々が密集し、日光は届いていない。ゆえに視界は仄暗い。

急に耳をつんざくような音が聞こえ、全員で立ち止まった。

「い、いまのなに？」ミユキチが振り返った。

「叫び声、やな……」八尾谷が珍しく不安そうな声を出した。

「あっちから」阿夜が指を差した。

そしてまた叫び声。

いや、これは助けを求めてる声だ。仲間の傭兵？

「え、なんか雰囲気やばくない？　加勢する？」タリサがアキラの方を見た。

「え、いや、どうしよう……」

顔を上げると、皆の視線がアキラに集まっていた。

――てか、俺が決めるの？　リーダーだから？　まあ、そうか……。

さて困った。

敵はノスフェラトゥで間違いないだろう。そして助けを求めるということは、敵は複数いる可能性が高い。この時点で、だいぶ良くない。

更にいまアキラの目は、霧で役に立たない。状況は昨日よりも悪い。それにここらは道も荒く、でこぼこしている。となると阿夜が心配だ。

切りたった崖なども森の端にはあると聞いているし……。

「わたしは……大丈夫」

察してか、阿夜が先んじて言った。

「オレも大丈夫や。あと助けるなら、早い方がええと思うぞ」

「……」

行けるのだろうか。

今のところはだいぶ順調だ。ノスフェラトゥとの戦闘にも慣れてきている。

本当に？　ここまで無事なのは、単に運が良かったからではないか。それを勝手に実力と勘違いして、根拠のない自信に繋げている可能性は？

傭兵仲間を見捨てるのは気が引ける。けどそれって、アキラたちがやることなのだろうか。そんなのは強い奴らに任せておけばいいのではないか。アキラたちは助けを呼ぶ声に気付かなかった。それでいいじゃないか。

卑怯(ひきょう)な考え方だ。でも、人でなしと言われようとも、アキラは皆の安全を第一に考えたい。まだルーキーなのだ。ここで死ぬわけにはいかない。

「行かないのか？」リョウタがじれったそうに訊ねた。

「さっさと決めなよ、リーダー」タリサが槍を掴み、アキラを見た。

アキラは戸惑ってしまった。

皆、意外と乗り気なのか。アキラとはだいぶ温度差がある。

アキラを除く七人は、彼らを助けることに対して、何ら躊躇はないようだ。

それが眩しくもあり、アキラは自分が恥ずかしくなった。保身ばかりに気をとられ、正義だの道徳心などという物を、どこかに置き忘れてしまっていたらしい。

たまには、正義のヒーローを演じるのも悪くないではないか。

正直、ここまでは上手くやれてる。

少し臆病風に吹かれ過ぎていたようだ。

「八人か……」

この人数なら、なんとかやれるか。

そして皆もそう思ってるなら、

「わかった。行こう。でも、少しでもヤバいと感じたら、すぐに撤退するから」

待ってました、とばかりに皆が声を上げる。

そしてアキラたちは、渦中の場所へ飛び込んだ。

†

早朝のことだ。

とある偵察チームが、西の巣へ帰るノスフェラトゥを追っていた。

相手に気づかれぬよう距離を保ち、巣の場所を特定し帰還する。簡単な任務だ。

ノスフェラトゥになると、知能が一気に低下すると言われている。身体能力は生前のまだが、自我を失い、血を貪るだけのケダモノに成り下がるらしい。

だから傭兵と戦闘をしていても朝になれば巣穴に帰り、すやすやと眠り始めるのだ。

愚かで醜悪な魔物。

さて、巣穴は特定できた。

だが部隊長を含めた五人は、このまま戻って往復することを馬鹿らしく思っていた。

命令通り帰投するか。

それとも奴らが眠りにつくまで待って、殺すのか。

一人が鼻で笑った。このまま奴らの息の根を止めない選択肢はあるのか？

効率の問題だ。往復の労力が無駄なのは言うまでもない。

それに彼らは、そこそこのキャリアを積んだ中堅の傭兵たちだ。

油断したり、目算を見誤るような愚か者ではない。

意見が一致し、五人は巣穴へ足音を忍ばせて近づく。

愚かにも傭兵たちは、ノスフェラトゥだけに気をとられ過ぎていた。

まさか森のゴブリンたちが健在であったとは、夢にも思わなかったのだ。

最初に異変に気づいたのは、アサシンの傭兵だった。

弓を引き絞る音。

振り返ると、背後にゴブリンの弓兵が並んでいた。

狭い洞窟内に矢が放たれる。

傭兵たちに逃げ場はなく、決着は一瞬でついた。

五名は負傷し、ゴブリンに拘束された。

暫くして、弓兵の背後から巨大なゴブリンが現れた。

ゴブリンには、上位種というものが存在しており、その種族は体が大きく、筋力がトロールのように発達している。それはホブゴブリンと呼ばれ、群れを率いたり、ゴブリンを囲いハーレムを形成する習性を持っている。

ローランの森にいる士族のゴブリンも、それだった。

大将のホブゴブリンは、手始めに捕らえた傭兵たちの身ぐるみを剝いだ。武器、防具、と剝ぎ取っていき、そしてなぜか、傭兵たちにマントを与えた。汚れた赤い布だ。フードがある。

命だけは助けてくれる、ということだろうか。これを着せて、逃がしてくれるのか。そう思えるほど傭兵たちも馬鹿ではない。

なにかあるのだ。

ホブゴブリンが側近に合図する。すると洞窟に大きな檻が運ばれてきた。

ガン、ガン、と中で音がしているが、布が被さっていて、何がいるかはわからない。

傭兵たちは、檻の前へ連れて行かれた。

「なっ……」傭兵の一人が目を見開いた。

「ギ……ッ」

檻の中のノスフェラトゥが、鉄格子に顔を押しつけ、傭兵を嚙もうとした。

「人の……感染源か。まさか、捕まえたのか？　奴らが？」

人間の言葉などわかるはずもないが、ホブゴブリンは口端を上げた。

そしてノスフェラトゥに、松明をちらつかせる。ノスフェラトゥは火の光を怖がって檻の隅に身を縮こまらせた。

傭兵の一人が叫び声を上げた。ゴブリンに首を摑まれ、檻に顔を押しつけられたのだ。

「や、やめろ……やめてくれ！」

叫ぶ声に反応してノスフェラトゥがやってくる。

ゴブリンが何か言うと、ノスフェラトゥは、すぐに反応した。

餌をやる、ということだろうか。ノスフェラトゥは鉄格子に顔を寄せ、じゅ、じゅ、と傭兵の首から血を吸い上げた。

嚙まれた傭兵は猿ぐつわを付けられ、意識を失う前に鎖に繫がれた。

残りの四人も同じように檻のノスフェラトゥに血を吸われ、猿ぐつわを嚙まされた。

ゴブリンたちは森を捨てる心算だった。一度ノスフェラトゥが出たら、そこは呪われた地となる。だから最後に感染源を利用し、ゴブリンたちは傭兵を狩ることにした。彼らの武装を手に入れてから、ここを立ち去ろうとしていたのだ。

ホブゴブリンは、ノスフェラトゥになった傭兵たちを檻に入れ、洞窟の奥に安置する。

そして次の傭兵たちが来た時、彼らを檻から解き放ち、また相打ちさせた。

†

傭兵が、傭兵を襲っていた。

ああ、まずい。アキラはすぐ自分の選択が間違っていたことに気付いた。

いますぐ撤退だ。傭兵がノスフェラトゥに嚙まれたのだ。ゴブリンなんかと訳が違う。

そう、格が違う。だから、逃げられるだなんて思ったアキラが馬鹿だった。

「速い……嘘でしょッ⁉」

タリサが上から降ってきた傭兵ノスフェラトゥと鍔迫り合いになる。なりながら、ノスフェラトゥがタリサを噛もうと牙を剝き出しにした。タリサの悲鳴が響いた。八尾谷が駆け寄り斬り伏せた。が、相手はそれをするりと避けた。そしてまた木の上に戻る。

「これ、偵察部隊の人たちよ！」阿夜が叫んだ。

たぶんそうだ。でも、優秀な彼らがどうして——。

考えている暇はなかった。奴らが次から次へと攻撃を仕掛けてくる。

あ、まずい。

さっき噛まれていた傭兵たちが起き上がった。

まずいまずい。アキラは二本の短剣(ダガー)を握り、迎撃態勢に入る。

赤いマントがないと本当に屍(しかばね)だ。そいつらが一斉に走り出す。異常な速度だ。本当、アキラなんかでは太刀打ちできない速度で剣が振り下ろされた。上体を反らして、なんとか後方へ避ける。やばい、少し斬られた。レベルが違いすぎる。そして装備も相手の方が何倍も良かった。レザーアーマーの胸元が、深く抉れていた。少し掠っただけなのに、なんて切れ味だ。まともに食らえば即死もありえるんじゃないか。この世界には治癒魔法があるが、蘇生(そせい)の類いはない。考えた瞬間、冷や汗がどぱっと吹き出た。

「どうすんねんこれッ……おいアキラ、逃げられへんぞッ！」

八尾谷が怒鳴りながら剣を振るい、阿夜を守る。

どうするって言われても……。

ダメだパニックになってきた。頭が真っ白だ。どうしたらいいかわからない。

いつの間にか八体のノスフェラトゥに囲まれていた。木の上に三体。地上に五体。全て傭兵だ。しかも全員、アキラたちよりも強い傭兵のノスフェラトゥだ。

視界の端で、誰かが倒れた。

「タリサっ！」

反射的に短剣を投げて牽制する。いや、少し遅かった。タリサが地面に崩れ落ちる。嘘だろ。血だ。凄い血だ。おいタリサ、なんで返事しないんだよ。

「狼狽えないで！」阿夜が駈け寄り、すぐに治癒魔法を唱え始めた。

阿夜の詠唱がいつもよりも長い。強い治癒魔法？　光が紫色だ。タリサの傷がみるみるうちに塞がっていく。ただ、阿夜は異常なほど汗を掻いていた。だいぶ消耗してる。たぶん、何度も使っていい呪文ではないのだろう。

なのに、

「痛い……ああ、どうしよう」

ミユキチが立ち尽くしていた。腹部に短刀が深々と刺さっている。ミユキチが硬直したまま、アキラの方をみて苦笑する。ミユキチを刺したノスフェラトゥが彼女に覆い被さる。待ってくれ。それはダメだ。アキラは全速力で走る、が間に合いそうにない。本当に、やめてくれ。頼むから、それだけは――。

「らぁあぁあ！」サダがミユキチに覆い被さったノスフェラトゥに剣を振り下ろした。それもノスフェラトゥは躱してみせた。だがサダは全力で踏み込み、更に二刀、三刀、と繰り出した。良い剣捌きだ。なんだろう、サダの持つ剣が青く発光している。何か呪文を使っているのか。チハルだ。杖を構えている。サダの刃に何かしらの加護を与えたのか。でも、チハルの様子がおかしい。体がぐらりと傾いた。アサシンだ。アサシンのノスフェラトゥが短剣でチハルを、刺した。

「あ、ああ……あああ！」

アキラは無我夢中で走り、そいつに短剣を突き刺す。当たらない。なんで当たらないんだよ。だめだチハル。そんなの、八尾谷、せっかく会えたのに。勘弁してくれよ。一緒にオスタルへ戻るって約束したじゃないか。

「阿夜！　阿夜！　はやく来てくれ！　噛まれてはいないんだ！」

「わかってる！　いま治癒するから」

阿夜が傷を確認し、大丈夫、と頷いた。死なない限り、治癒魔法は効くのだ。よかった。でも、阿夜は複数回、魔法を唱える必要があった。治癒が完了すると、阿夜は真っ青になっていた。

「阿夜、顔色が……」

「まだいける……でも、そろそろ魔力が尽きかけてる。そしたら回復は、できない」

それを聞いただけで、吐きそうになった。

チハルが目を開け、ゆっくりと立ち上がる。もう動いて大丈夫なのか。だいぶフラついている。たぶん本人もそれはわかっていて、でもチハルの治癒魔法がないと、アキラたちは終わってしまうから。だから――

「なにぼうっとしてんねや馬鹿野郎ッ！」八尾谷が叫ぶ。「しっかりしろアキラッ！　全員死ぬぞッ！　なんとかしろやッ！」

八尾谷が吼えた。アキラは蒼白のまま、辺りを見回す。

止まってる場合じゃない。皆、怪我している。チハルだけじゃない。全員、死ぬかもしれない。アキラは走ってミユキチの元へ駆け寄り、傷口を押さえる。止血しながら、担ぎ上げ、阿夜の所に連れて行く。血が止まらない。傷口が凄く温かい。ミユキチが何かを言おうとしてる。だめだしゃべるな。大丈夫だって、死ぬわけないだろ。

八尾谷が膝をつく。しかし回復したタリサがギリギリで槍を横に一閃した。でもダメだ。タリサは明らかに本調子じゃない。傷が癒えても流れた血は戻らない。痛みもあるみたいだ。傷が深すぎたせいだ。阿夜がいなかったら死んでた？　なにしてんだよ。こんな時になにしてるんだ。考えろ。考えろ無能が。なんとかしないと、ここで死ぬんだぞ。いままで頑張って来たのが、全部無駄になるんだぞ。

「おい、サダ、それ……」リョウタが蒼白の表情で名前を呼んだ。

「ああ、わかってる。でもまだ大丈夫。でも、もう少ししたら、頼む」

サダは脇腹に噛み傷をもらっていた。

「頼むって……おいふざけんなよ！　なに笑ってんだよ！　一緒にオスタル行くって言っただろ！　マジでさ……」

「ノスフェラトゥになったらもっと最悪だろうが！　頼むからさ……頼むよリョウタぁ」

サダの目が赤く血走ってきた。

リョウタは顔を悲痛に歪(ゆが)め、サダに剣を向けた。

サダが倒れる音で、アキラは今度こそ心が折れそうになった。ミユキチを救ってもらったのに。まだ出会ったばかりで、これからって時に――

「アキ！　チハルとわたしはほとんど魔法が使えない！　これ以上の戦闘は、無理！」

「……あ、ああ。わかった……」

わかった？　なにがわかっただよ。なにもわからないのに返事をするな。馬鹿かお前は。

まずい。八尾谷とタリサが傷ついてる。でもここで治癒魔法を使うわけにはいかない。本人たちもそれがわかっているから阿夜を呼ばないのだ。それに阿夜も八尾谷の足取りがおかしいことに気づいている。でも回復するとは言わない。言えないのだ。そのもどかしさに耐えながらも、阿夜は真っ暗な視界の中で必死に耳を澄ます。音を聞きわけ、冷静に戦況を視ている。

ミユキチはいつの間にか立ち上がり、一人でノスフェラトゥに立ち向かっていた。頭から血を流している。泣いてるのか。あれは、サダを殺したノスフェラトゥか。ミユキチは杖を思いっきり振り下ろした。

「断裂する風刃（ウィンド・ミル）――ッ！」

烈風が巻き起こった。初めて成功した。なのに当たらない。相手が素早すぎるのだ。それでも、木に爪跡のような傷を付けた。すごい威力だ。でもミユキチは追撃できない。その場で杖にしがみつくようにして動けなくなる。皆、限界なのだ。

「アキ、しっかりして！　指示を出して！　リーダーでしょっ！」

阿夜が叫んで、ミユキチの所へ走っていく。

チハルも八尾谷の傷を治しにいった。流石にやばいと判断したのだろう。

リーダーって……、なんだよ。

勝手に決めんなよ。わかんないんだって。全部押しつけないでくれよ。限界なんだよ。

アキラは短剣を握って、闇雲に突進した。策なんてなかった。

手近なノスフェラトゥに短剣を投擲する。当たらない。これじゃ意味がない。なら短剣を持って戦うか？　近接戦のやり方も知らないのに？　噛まれるリスクが大きくなるだけだ。それでも突っ込むしかなかった。ミユキチと阿夜に襲いかかるノスフェラトゥに向かって短剣を振り下ろす。噛まれてもいい。とにかくやるしかない。目は良いのだ。暗いけど、よく見えてる。ちゃんと見ろよッ！　怖がるな。くそ、腕が追いつかない。相手の方が何枚も上手だ。短剣を弾かれた。まずい。後退するしかない。

何かが走って来る音がした。

救援かもしれない。

アキラは縋るように音のする方を振り向き、ゴブリンの群れに絶句した。

「なん、で……」

カイリは何やってんだよ。思考が怒りで埋め尽くされた。他の傭兵たちはッ！　ちがう、そうじゃない。他人のせいにしてどうする。ああくそっ。ゴブリンだ。アキラはゴブリンをやろう。あいつらになら嚙まれても問題ない。でも何体いるんだ。一〇？　二〇？　もっとだ。大きいのもいる。あれがリーダーか。こんな時にどうして。アキラはゴブリンに飛びかかった。

絶望的だ。何もかもが手遅れな気がした。

剣を振るうゴブリンの動きを読もうとしたが、上手くいかない。少し斬られた。お互いに、一撃ずつ食らう。熱い。傷がもの凄く熱い。やはりこういう戦い方は性に合ってない。

アキラは石を投げて、ゴブリンの関心を自分に向けさせた。激昂（げきこう）したゴブリンたちが一〇体ほど殺到してきた。そうだ。これでいい。

アキラは、リーダーなんかには向いてない。アサシンだし、卑怯者みたいに陰から付け狙うほうが性に合ってる。だから、とにかく囮になって戦力を分散させる。じゃないと、このままでは全滅だ。

木に登る。でも相手は弓矢を持っていた。途中で腕を射貫（いぬ）かれてしまった。

「あ、が……ッ」

嘘だろ……木から落ちそうになる。でも途中で、何とかしがみついた。

腕が、あ、あがらない。これはまずい。なんか変な所に当たった。というか痛すぎて体が、動かせない。

這々の体で枝に登り、叫びながら弓矢を抜く。関節の間に入ってたのか。引き抜いたら鏃が引っ掛かって、傷がぐちゃぐちゃになった。手がぶらん、としてる。痛い。力がまったく入らない。でもやるしかない。阿夜の治癒魔法なんか期待しちゃいけない。そういうのはもっと八尾谷とか、リョウタとかタリサとか、役に立つ奴に使わないと。

布を破いて腕を縛る。まだ動ける。片腕は使えないが、アキラの片腕なんてたかが知れている。むしろ利き腕が無事だったことに感謝すべきだ。

枝の上に立ち、短剣を握りしめ、覚悟を決めた。残り三本の短剣もすぐ抜けるようにする。死んでもいい。その代わり、少しでも敵を減らすのだ。皆のために。

跳躍。

「はぁああああッ！」

ゴブリンの群れの真ん中に飛び込む。

正直上手く行くとは思ってなかった。あっと言う間に態勢、立て直されたし。でも、密集地帯に入ったおかげで、奴らは武器をまともに抜けなかった。ざまあみろ。ここでは短いダガーの方が有利だった。腰を低くし、めった刺しにする。奴らの大腿、腹部、アキレス腱。刺せるところはどこでも刺した。殴られ、蹴られ、意識が飛びそうになる。何だろう。足が痛い。ナイフが刺さっていた。まずいな。でも動ける。まだ行ける。行けないと困るんだよ。

四体くらいのゴブリンがアキラのすぐ側で倒れていた。でもアキラも倒れそうだ。全身血まみれで、なんというかよく生きてるな、という感じだ。そして三六〇度見わたす限りのゴブリン、ゴブリン、ゴブリン。なんかもう、終わったなと。八尾谷たちも、ゴブリンとノスフェラトゥの対処で手一杯だ。アキラのせいだ。アキラが選択ミスをしたせいで、こうなったのだ。ここに来なければ……そうだよ。もっと楽にやってもよかったんだ。任務をこなすふりしてどこかでサボったりしてさ。なのに馬鹿みたいに真面目ぶって。そういうキャラじゃなかったろ。

相手の剣が、見える。目だけはいいんだ。アキラはそれを辛うじて避けようとして、体が動かなかった。そうか、足に刺さってたんだっけ。ああ、熱い。熱くて凄く重い。思ったより動きが鈍くて、ああ、詰んだ。

悔しくて、涙がこみ上げてきた。

頑張ったんだ。あれもこれもやって、ダメだってわかってても、精一杯やって、それで、これなんだよ。だからこれ以上、何かを求めないでほしい。俺には無理だって。

目の前のゴブリンが血飛沫(しぶき)を上げて倒れた。

「なん、で……」

青い衣装が揺らめく。

ナガトが、目の前のゴブリンを一刀両断にした。彼の衣装は返り血で濡れ、びっしょりと重そうだった。でもナガトは怪我一つしていない。もの凄い勢いでゴブリンを圧倒していく。

助かった、のか。アキラは泣きそうになった。でも、遅すぎるって……。

「アキラ、大丈夫かッ！」

大丈夫なわけない。でもやせ我慢して笑った。

「あとは、頼めるか」

「まかせろ」

続いて流れるような金髪が視界に入る。

白い、赤じゃない修道服を纏った修道士が、ゴブリンを杖で殴り飛ばした。攻撃呪文を使っていた？　ヒーラーが攻撃？　そういえば、エクソシストという職業がレイザの血統にはあるらしい。

「酷いやられようですね……いま治療を」

すみません、と言おうとして、声がでなかった。消耗しすぎて、全く動けない。

情けない。アキラはいま、もの凄く迷惑をかけている。

「……他の、メンバーは？」

「カイリが行っています。骨が折れてますね、少し痛みますよ」

そう言って彼女はアキラの足の傷に手を指し込んだ。驚きと激痛で、視界が明滅する。

骨の位置を手で直したらしい。いや。力尽くで？　痛い、痛すぎるよ。

「こうしてから回復したほうが繋がりやすいんです」

青い光と、白い光を両手から出す。両方とも阿夜が使っていた低コストな呪文だ。止血と接合。そうか。大きな呪文を使うより、小さいのを組み合わせた方が……。

凄い。カイリたちのチーム、本当に頼りになる。

「動けますか？」

「なんとか……その、ありがとうございます」

彼女は微笑すると、ナガトの方へ駈け寄った。そしてすれ違い様に彼女が何かを呟くと、ナガトの擦過傷が全て消えて無くなった。なんだいまの。どうやったんだ。

ナガトが再び加速する。ゴブリンをすでに八体ほど倒していた。なんだこいつ。本当に同じ時期にここに来たのか？

アキラはよろよろと立ち上がり、眩暈(めまい)を堪えながら、阿夜たちの方へと向かった。

皆、ボロボロだった。

とくにリョウタが深傷(ふかで)を負っており、丁度、阿夜とチハルの二人がかりで傷を癒やしている最中だった。

皆、その場に座り込んでいる。戦場で止まったらダメとわかっているのに、動けなかった。それでも大丈夫なのは、カイリがもの凄い勢いで多数の傭兵ノスフェラトゥを迎撃しているからだ。

「アキラ、大丈夫か？」八尾谷が心配そうに訊ねた。

「なんとか、ね。というか、本当ごめん。俺がここに来るって言い出さなければ……」

「いや、オレも乗り気やったし……アキラのせいなんて誰も思っとらんて」

「ミユキチは、大丈夫？」

「う、うん、なんとか……」

「一度、撤退かな」リョウタはチハルに肩を貸りながら、弱々しく言った。

「でも、カイリたちを置いてくの？　あのホブゴブ、やばくない？」タリサが額の傷に唾を付けながら訊ねた。

「でも、俺らがいても、役に立たないだろ……情けないけどさ」

アキラは苦笑しながら言った。なに笑ってんだよって話だけど。

あとホブゴブって……そりゃ、言いやすいけどさ。

でも実際、撤退以外の選択肢はないと思った。

いくらなんでもレベルが違いすぎる。現にアキラたちは、ここにいる傭兵のノスフェラトゥを、一体も倒せていない。

ならば、足手まといにならないことが、せめてもの配慮というか。

単にここから逃げたくなっていただけかもしれないが。

そして、それを余儀なくされそうだ。

「ナガト！　死にたくなければ気張れッ！」遠くでカイリが吼えた。

ナガトが血を流し、膝を突いていた。

そしてそれを見下ろす巌(いわお)のような表情の、巨大なホブゴブリン。

ナガトが反応する。即座に攻撃を避け、もの凄い膂力(りょりょく)で剣をホブゴブリンに叩きつけた。ぶつかった音でアキラは仰け反りそうになった。打ち合うというより、衝突だ。相手も大きな戦斧で応戦する。剣よりも間合いが短いが、威力は斧の方が上だ。そしてホブゴブリンは二メートルを超える巨体をフルに活かし、上から斧を叩き付ける。ナガトは剣の腹でそれを受け止めるが、衝撃で今にも地面にめり込みそうだ。

「――ははっ」

ナガトが笑った。笑った？　あの状況でまだ笑う余裕があるのか。

強い。なんて強さだ。だからこそカイリに認められたということか。そして彼はしっかりと自分の役割を果たし、カイリのチームの一翼を担っている。

下っ端のゴブリンが手を出そうとして、ホブゴブリンが怒声を浴びせた。一騎打ちを邪魔するな、という意味だろうか。奴も楽しんでいるのだ。ナガトとの戦闘を。

「アキラ、八尾谷」ナガトが言う。「ここはまかせて一度引け。お前らでは話にならない。ここは俺とカイリ、クロエローズにまかせろ」

最後のは、あのエクソシストの女性だろうか。

「もうすぐ日暮れだな」カイリがアサシンやレンジャーのノスフェラトゥをいなしながら苦々しげに呟いた。「ここからは奴らが有利になる。俺は夜目が利かないからな。おい、そこのリーダー」カイリが言った。恐らくアキラに言ったのだろう。

「いま俺は、お前らに攻撃が行かないよう牽制しながら戦っている」

「……は、はい」はいってなんだよ。

「……え？」気付かなかった。アキラは己の無知さを恥じた。相手は強敵でカイリと実力が拮抗していると思っていたのだ。だってアサシンもレンジャーもの凄く動きが速いのだ。そして木から下りてこない。攻撃をするとすぐに撤退。カイリに付け入る隙を与えない、そう思っていたのだ。

「だが、夜になればそうもいかない。奴らはそこを狙って時間稼ぎをしている。だから、その間に逃げろ。そして俺が自由に動けるように、気を使え」

「でも、三人でいけるんですかっ？」タリサが叫ぶ。「あたしが助太刀しても――」

「あと、一〇倍くらい強くなってから出直してこい。せめてそこのナガトくらいにな」

「うっわ、言うねえ、あいつ……」タリサが悔しそうに笑ったが、しかし彼女もわかっているのだろう。タリサはだいぶ疲弊した顔をしている。見抜かれているのだ。アキラたちは手負いで、このままここにいたら、死ぬと。

カイリの余裕は、はったりを利かせているだけなのか、そうではないのか。本心はわからない。ただアキラたちが場違いであるということだけは、癪だが理解できた。

使えない。役に立たない。

いや、認めよう。思い上がるな。アキラたちはまだ傭兵になったばかりだ。未熟なのだ。

だから情けなくてもいい。まずは生きて、皆を森の外に逃がす。それがアキラの使命だ。安いプライドは捨てろ。

「わかりました」

「よし、じゃあ、俺が活路を開く。次の一撃で、一体、息の根を止める。そこを抜けろ」

カイリが、剣を握り直した。長剣を片手で持ち、ぶん、と威嚇するように一回転させる。よし行け、と言う寸前。

ナガトがホブゴブリンに敗れた。

先に気付いたアキラは反射的に二本のダガーを投げていた。

運が良かったのだろう。一本がホブゴブリンの目を貫いた。やったか？　いやだめだ。少しぐらついただけだ。むしろ奴は、怒りを露わにこちらへと向き直った。

「十分です」

瞬間、青い光の刃が近くのゴブリンたちを切り裂いた。クロエローズの攻撃。そして彼女は完璧なタイミングでナガトを抱え、跳躍。着地と同時に回復術式を彼の体に描いた。

描いた？　血文字だ。彼女も怪我をしているのか。

「クロエ、大丈夫か！」カイリがノスフェラトゥたちの攻撃を受け止めながら、叫ぶ。

「問題ありません」

「ならばお前も戦え。ナガトでは力不足だ。スイッチだ。ゴブリンは俺がやる。その間、こいつらを相手しろ」

「了解です」

戦う？　いくらエクソシストといえども彼女はレイザの血統、ヴァリスなどとは違い、筋力の発達は人並みのはず。

だが、そうも言ってられないらしい。

ゴブリンの手下が鎖に繋がれた人間のような何かを連れてきた。

「感染源か。まったく迷惑な奴だ。お前のせいで大ごとだよ」カイリが苦笑する。

調教師らしいゴブリンが松明の光を使い、怖がるノスフェラトゥを手なずけ歩かせる。

こいつを含め、ゴブリンは更に一〇体ほど増えた。

そしてこの感染源の吸血鬼も中々に手強そうだ。まだ血統もわからないため、動きも予測できない。状況は明らかに悪化した。

それでもカイリたちは動じない。

「よし、次のタイミングで入れ替わる！　そしたらクロエ、この子らを導いてやれ」

スイッチ、とカイリが言った瞬間、クロエが走り出す。回復したナガトがホブゴブリンに殴りかかった。足止めは完璧だった。

走り様にクロエが地面に落ちていた剣を拾う。

飛んできたアサシンのノスフェラトゥを、火花を散らしながら、剣で流麗に弾き返す。

凄い、凄いなんてもんじゃない。白いドレスのような衣装を纏った金髪の彼女は、軽快に、飛ぶように攻撃を躱し、しっかりとカイリが戦っていた地点まで辿り着いた。

四体のノスフェラトゥが木の上から刃を構えながら急降下してくる。

瞬間、

「――戒めの炎よ」

杖と剣を交差し、大きな光が闇を駆逐した。

視界が白く焼き尽くされる。ただの光だ。でも目が眩んだ。そしてノスフェラトゥの絶叫。肌が焼けただれている。四体とも地面に倒れ、煙を出していた。ギギ、という警戒音を出しながら、するする、と闇の中に姿をくらます。

一瞬で追い払ったのか。信じられない。

クロエは剣にその光を移し、地面に突き立てた。全体を照らし、視界を取り戻す。

これで形勢は五分だ。

「いまのうちに」クロエが促す。

アキラたちは一斉に駆け出す。その時だった。

「ひっ……」

クロエがうめき声を上げて後ずさった。

どうしたのだろう。

「あ、あれ……」

クロエが指差した先は――カイリの足。

その足に、ノスフェラトゥの生首が噛みついていた。

ナガトとクロエが、引きつった表情でカイリを見つめた。
カイリの動きが止まる。そしてカイリは声の出ない状態で、口を動かす。
はやく、殺して、くれ……。
そう言っているように見えた。
だが誰も動けなかった。
カイリの全身に血管が浮かび上がり、ノスフェラトゥ化していき――
ザシュ、と音がして、カイリの首が落ちた。
斧に血を滴らせながら、ホブゴブリンが嗤った。
カイリを絶命させた。
あれだけ強かったカイリが……。
クロエが頭を抱え悲鳴を上げた。ナガトは蒼白の表情でカイリの遺体を見つめている。
状況が、暗転する。
想定しうる限り最悪のケースになった。
「おいおいおいふざけんなよマジで……ッ！　ほんまにあかんぞこれッ！」
「に、逃げろ……逃げろぉあああああああ！」
リョウタが叫び、皆が我に返る。
敵が濁流の如く押し寄せてくる。
ナガトがクロエを担ぎ、森の奥へと消えた。カイリの遺体は敵に踏み潰され、あっという間に見えなくなった。

ゴブリン、ノスフェラトゥ、ゴブリン、ゴブリン、ノスフェラトゥ、ノスフェラトゥ、ゴブリン、ノスフェラトゥ、ゴブリン、ノスフェラトゥ。

矢が飛び、ミユキチが射貫かれた。八尾谷に担がれていた阿夜が腕を振りほどき、倒れるミユキチの元へ駆け寄った。そして矢を引き抜き治癒魔法を掛ける。二人が押し寄せる敵の軍勢に囲まれそうになる。まずい、分断される。アキラは立ち止まり引き返した。おい、なんで皆も戻ってくるんだよ。逃げろよ。タリサ、リョウタ、チハル、お前らは走ってそのまま行かないと、じゃないとみんな――

「あああああああああっ！」

アキラが短剣を振り回し、ゴブリンを退ける。早く立ち上がれ、阿夜がミユキチを立たせようとするが、治癒を終えたばかりのミユキチは呼吸が上手く出来ていない。肺か。肺をやられたのか。ダメだ。リョウタがミユキチを担いだ。チハルが阿夜の手を引いて走り出した。その瞬間、ノスフェラトゥが阿夜の足を摑んで引きずり倒そうとした。その腕をタリサが槍で突き刺し阿夜を解放する。瞬間、タリサがゴブリンに背後から羽交い締めにされた。アキラは叫びながらゴブリンに飛びついて喉を掻っ切った。

走り出そうにも、逃げ道がどんどん狭くなっていく。ダメだ。このままじゃ捕まる。捕まれば全員、殺される。突然、八尾谷が剣を抜いて、絶叫しながら敵の方へ走っていった。そのまま一〇〇体近い魔物の群れに突っ込んでいく。

「おい八尾谷――」

「いいから走れッ！」八尾谷が振り向かず叫んだ。

八尾谷は剣を振り抜き、目の前のノスフェラトゥを一刀両断した。瞬間、ゴブリンに噛みつかれバランスを崩す。しかしそれを怪力ですぐさま払いのけ、八尾谷は敵をなぎ倒していく。八尾谷は目の前にいた小ぶりなゴブリンを掴み、襲いかかって来たノスフェラトゥに投げつけた。ノスフェラトゥがゴブリンに牙を剝く。悲鳴が響き、近くにいた数体のゴブリンが萎縮して後ずさった。進軍する魔物の動きが、少しだけ遅くなる。

「八尾谷ッ！　はやく戻れなにしてんだよ！」リョウタが叫ぶ。

たしかに今がチャンスだ。八尾谷、走れ。今ならまだ間に合う。なのに、

「なんで……」

八尾谷が口端を上げた。

なんで笑ってんだよ。まだ噛まれてもいないだろ。走れよ。なんで走らないんだよ。

八尾谷は背を向け、剣を構えた。

――本音を言えば、そっちへ行きたかった。

そう思いながら、八尾谷は迫る刃を紙一重で躱し、ゴブリンを斬り殺す。

もちろん、八尾谷とて死ぬつもりはない。

だが八尾谷が後退すると、ここにいる三体のゴブリンがアキラたちに襲いかかる。

だからこいつらだけは殺さねばならない。

立ち止まって三体を斬り伏せる。

すると囲まれそうになり、八尾谷は包囲から逃れるために、後ろへ飛ぶ。

今度こそ合流しようとしたが、そこにノスフェラトゥが現れた。こいつも倒しておかないと、たぶん追いつかれる。リスクを減らさなければ。八尾谷が切っ先を向け、突進する。

アキラたちは、どこだ。

八尾谷はノスフェラトゥを斬り伏せ、振り返る。少し、遠い。ここから追いつくには、距離がありすぎる。

何かを叫んでいる声は聞こえるが、魔物たちの怒号で遮られ、よくわからない。大丈夫だ。わかっている。まだ諦めてはいない。安心しろ。オレはそう柔じゃない。

戻れないんじゃないか。

そんな思考が、脳裏を過ぎった。ゴブリンに足を噛まれ、痛みで動きが鈍る。後ろから首を絞められた。八尾谷はパニックに陥る。だがそのままゴブリンを背負い投げ、地面に叩きつけた。腹部に剣を突き立てる。

いまだ、逃げよう。八尾谷はすかさず踵を返す。だが道がなかった。魔物たちで溢れ返っていた。八尾谷はいつのまにか囲まれていた。なら切り崩せばいい。

八尾谷は剣を振るう。

少しだけ、時間を稼ぐ。アキラたちの姿は見えない。

自分は役に立ったのだろうか。

八尾谷が敵を引きつけたおかげで、追っ手の数は三割ほど減っていた。それでも状況は絶望的だ。チハルが途中で何度か走るのを止めようとした。そのたびにリョウタが羽交い締めにし、何とか八尾谷の元に戻ろうとするチハルを止めた。

ミユキチがすすり泣いている。タリサは八尾谷の空いた穴を埋めようと最後尾に移動し、槍で敵を牽制していた。

だが冷酷にもタリサの足を矢が射貫いた。走っていたタリサは槍を取り落とし、そのまま勢いよく地面を転がった。だがすんでの所でアキラが彼女を抱きかかえ、そのまま走る。チハルが走りながら詠唱を唱え、タリサの足を治した。だがタリサの動きが鈍い。それに武器を失ってしまったことで、何もできなくなった。

恐怖で声が漏れた。走るので精一杯で、武器を構える余裕すらない。これだけ消耗した後では、戦闘も不可能だ。とてもじゃないが戦えるような状態ではない。だが八尾谷が稼いでくれた時間を無駄にはしたくない。その一心でアキラたちは走り続けた。

リョウタとチハルが諦めたような顔で笑っている。タリサは死を覚悟したような暗い表情を浮かべていた。阿夜は何か打開策を考えようと必死になっているが、無理だ。この状態で出来ることはなにもない。

その時アキラは、遠くに何かを見た。

なんだろう。あれは、ゴブリン、なのか。マントを羽織ったゴブリンだ。不思議な見た目をしている。杖か？　足が悪いのか？　そうは見えないが、何だあれは――

飛行機の墜落を思い出したのは――、視界が炎に埋め尽くされたからか。

巨大な炎撃魔法が発動し、灼熱の炎が掃射された。

声を上げる間もなく、五人は炎に飲み込まれた。

だがその直前、ドン、という衝撃がして、アキラだけが横に突き飛ばされた。

押したのは阿夜の手だった。阿夜が笑っている。よかった、と涙ながらに微笑んでいる。熱気でいち早く魔法に感づいた阿夜は、せめてアキラだけでも、と最後の力を振り絞り、突き飛ばしたのだ。

その手が炎に焼き尽くされた。

阿夜、タリサ、チハル、リョウタの姿は炎の壁の向こう側にあって、

視界が焼き尽くされる。

その炎の余波が、容赦なくアキラを焼いた。肺が熱を持ち、眼球が茹で上がる。

熱風に煽られ、アキラはぼろ切れのように吹き飛んだ。

†

アキラは暗い森の中で仰向けになっていた。

どのくらいの間、気を失っていたのか。

起き上がろうとして、思わず顔を顰めた。火傷した肌が鋭く痛んだ。

「誰か、いない……？」

掠れる声でアキラは呼びかけた。

だが返事はない。人の気配すらなかった。

阿夜も、ミユキチも、タリサも。

リョウタもチハルも見当たらない。

静かだ。

静寂だけが辺りを支配している。

敵も一体残らず消えていた。

ここにはアキラしかいないようだ。

暗い森には、黒煙が漂い、残炎が燻っている。

灼けた木々が、木炭のように赤銅色の光を帯びながら明滅していた。

アキラは立ち上がろうとし、転倒した。見れば足の皮膚が焼け落ち、表面が血の色でてらてらと光っていた。手もどこもかしこも火傷だらけだった。よく生きていたな、と思う。

むしろこの程度で済んだのは、阿夜が突き飛ばしてくれたからだろう。

そのアキラですらこの有様なのだから、他の皆はもう……。

やめろ。決めつけるな。まだ死体を確認したわけじゃない。

アキラは立ち上がる。

それにしても、あの杖を持ったゴブリン。あれは、なんだったのだろう。あんなの聞いてない。いくらなんでも強すぎる。さすがに反則だ。

歩けど歩けど、誰の姿も見当たらなかった。

これ以上は無理だ。アキラは足を止めた。そのまま足を引きずり、木に寄り添うようにして座り込んだ。

両膝に、顔を埋める。

わかっている。

認めたくない。でも、認めないと。

皆、死んだのだ。

「なんで、こんな……」

全部アキラのせいだ。あそこで引き返していれば、こうはならなかった。違う。そもそも八尾谷やミユキチを任務に巻き込むべきじゃなかったのだ。全部間違えていたのだ。最初から、全部、間違えていた。

楽になりたい。

何も考えたくなかった。

考えなくて済むように、誰か自分を殺してほしい。

こんなの、耐えられそうにない。

なんで敵がいないんだよ。

今なら簡単にアキラを殺せるだろ。

なあ、頼むよ。

「誰か、返事をしてくれよ……」

視界が滲んで、何も見えなくなる。

胸が張り裂けそうだった。

カイリが死んで、サダも死んだ。八尾谷も、たぶんダメだ。あいつが命を賭して稼いでくれた時間も、アキラは全部無駄にしてしまった。

「はは──」

暗闇の中で一人、アキラは嗤う。

「──掃いて、捨てるほどいるんだろうな。俺らみたいなのは……」

代わりなんていくらでもいて、アキラが死んでも、また同じような奴が定期的に外の世界から来て、補充されるのだ。

どんな決意や覚悟の元で傭兵になったとしても、生きていけるのは少数で、ここで生き残ったとしても数年後には死んでいる。そういう虫けらみたいな存在が、自分たちだ。兵を募集してる奴らは、また別の奴らを呼べばいいと思っている。

けどさ、俺らだって生きてるんだよ。

消えたくない。消えてたまるか。ふざけんなよ。絶対、生き残ってやる。

アキラは木に拳を叩きつけ、再び立ち上がる。

——それに、俺が生きてるんだ。

クズみたいに弱いアキラですら生きてるのに、皆が死ぬわけなんかない。

「そうだよな……阿夜、ミユキチ……八尾谷……」

タリサも、リョウタもチハルもさ。

生きてるなら、返事をしてほしい。

頼むから、一人にしないでほしい。

感知だけはまあまあか、という虎弾の言葉を思い出したのは偶然か。

アキラは反射的に体を翻し、刃を受け止めた。

闇の中で火花が散る。アキラは後方に飛び、すぐさま戦闘態勢に入った。

相手は数メートルほど離れたところに着地した。アサシンのノスフェラトゥか。構えや太刀筋が独特だからわかる。何となく同族という感じがした。同時に理解する。こいつはアキラよりも強い。

思った瞬間、アキラは素早く短剣(ダガー)を構えていた。

敗北が板についてきたのか、思ったより動じていなかった。やる前から劣勢だと気負う物もない。期待がないぶん冷静でいられる。それにアキラは、ここで死んでもいいと思っていた。今更一人で生きていたって、どうしようもない。もはやどうでもいい。

だから殺すなら殺せよ。

ほら、早く殺せよ。来いよ。なんだよ、来ないならこっちから行くぞ。
アキラは相手の懐に飛び込んだ。
鋭い動きで一撃を放つ。だがノスフェラトゥは、それをあっさり弾いてみせた。
思ったより相手の短剣の扱いが上手い。ノスフェラトゥになると意識は無くなるはずだが、剣捌きが体に染みついているのか。死して尚、アキラよりも、よっぽどアサシンらしい動きをする。そうなると勝率は限りなくゼロに近くなる。無論、アキラの全力なんてたかが知れているし、端から勝てるとも思っていない。すでに体もボロボロだし、出血もある。ヒーラーもいないので、この戦いを乗り越えたとして、果たして生きていられるかどうか。

だがどのみち血を流し続ければ、遅かれ早かれアキラは死ぬ。なら、先の事を考えるのはやめにしよう。まずはこの戦いを乗り切ることが先決だ。

アキラは相手の喉元めがけて短剣を一閃した。だが相手はそれを易々と掻い潜り、アキラの腹部を切り裂いた。同時にもう一本の短剣でアキラの顔を狙ってきた。なんとか体を仰け反らせて回避したが、鼻先に刃が掠った。温かい血が零れる。恐怖を感じ、アキラは無意識に距離を取った。愚策だった。怯(ひる)んだところを攻められ、更に何度か攻撃を貰った。

斬られ、アキラは無様に地面を転がった。何とかすぐに立ち上がったが、足が震えて、ろくに動けなかった。それでも泣きながら短剣を構えた。死が怖かった。そうだよ。まだ死にたくない。雑魚かもしれないけど、雑魚なりにここまで必死に生き延びてきたのだ。

絶叫しながら短剣を叩きつける。防御をかなぐり捨て、死に物狂いで相手に刃を振り下ろした。すると攻撃が届いてしまった。なんだ通るのか。アキラは嗤いながら短剣を構え直す。捨て身で行けば、アキラにも可能性があるのかもしれない。なら、ぐだぐだ迷うのは止めにして、リスクを捨てよう。そして勝つのだ。

枷を外せ。

短剣を強く握れ、殺意を向けろ。

才能がないことを言い訳にするな。

敵の短剣がアキラを捉え、口から血が溢れた。

アキラは血を吐きながら絶叫し相手の懐に短剣を叩き込んだ。

でも届かない。

ここまでやっても、ダメなのか。

頼むよ。

相手の短剣がアキラを斬り裂く。

痛い。ものすごく痛かった。

でも、まだ死にたくないんだ。なあ、聞こえてるんだろ。

傷つきよろめきながらアキラは血に語りかける。

もし自分の中に、本当に真祖の力が眠っているというなら、

少しでいいから、力を貸してほしい。

俺の命に、価値なんてない。それはわかってる。でも俺が命を賭けて守ろうとしている仲間は、絶対に価値のあるものだから——

闇の中、相手の刃が煌めく。

油断していたわけじゃない。単純な力量差の問題だ。

その一刀を防ぐには、アキラの速度は、少し足りない。

そして相手の短剣が皮膚に沈む狂おしい程の刹那の中、

血が胎動した。

一瞬で、視界が闇に呑み込まれる。

闇の中で何かが囁いている。

吸血鬼だ。黒い吸血鬼が佇んでいる。だが靄のようなものに阻まれ、よく見えない。

「お前、なかなか死なないな」

黒い吸血鬼がしゃべった。

「いつ殺されてもおかしくないのに、不思議と生きている。死に損なってる」

アキラは答えなかった。

「死ねよ死に損ない。死ね、死ね死ね死ね」

いやだ。アキラは首を振った。

「そんなに死にたくないのか」

アキラは頷いた。

「手を貸してほしいのか？」

お前は、誰なんだ。

すると黒い吸血鬼が笑った。

「――血飲み子よ、偉大なる母の名を忘れたか」

影が増える。

何人もの黒い影がアキラを取り囲んだ。

「センスの欠片もない。酷い眷属もいたものだ」

影の一人が鼻で笑う。

「いまにも死にそうだ。こんな奴に力を渡して何になる」

「だが、そうまでしたから、ここまでたどり着いたとも言えよう」

「――お前は傷を受けすぎた」

別の大きな黒い影が近づいてきて、アキラを覗き込む。

「力なき者よ。お前は進んで窮地へと足を踏み入れ、命を危険に晒したな。なぜだ？　なぜお前は勝てぬ相手と知りながらも戦闘を繰り返した。死を恐れていながら、なぜ避けようとしない。どうして命を散らそうとする」

影は、黒い輪郭をざわつかせ、アキラを威圧する。

「ナゼ、ダ……？」

それは、守りたいものがあるからだ。

そうアキラは答えた。

でも俺には力がない。

才能も、恵まれた体格も、卓越した頭脳も、何もない。

だから命を使うしかなかった。

「なんと、愚かなことか」

「だが、我々を揺り起こした」

「敗北を続けながらも、お前は死なずに生き残った。だから――」

血が言う。

「我々もそれに応えよう」

アキラの中で何かが沸き起こる。

「お前には、最も古き力を授ける」

瞬間、熱き血潮が全身を駆け巡った。

「これは、劣勢の中でこそ真価を発揮する力だ」

「相手が強ければ強いほど、死に直面すればするほど光り輝く」

光は、絶望の淵(ふち)、闇の中でこそ、一層輝きを増す。

「狂王ニザリがなぜ俊敏なる暗殺者と呼ばれ、真祖たり得たのか。その身を以て知るがいい」

瞬間、アキラは授けられた能力を理解する。

暗殺の血。アサシンズブラッド。

これは痛みを伴う力だ。

このブラッドスキルは、流した血のぶんだけ、体が加速する。

命を削る戦い方しか知らないアキラには、お似合いの能力だ。

アキラは力強く頷いた。

ここで死ぬわけにはいかない。

――俺には、守りたいものがあるんだ。

「ならば生きよ」

アキラが目を見開く。

そして迫る刃を弾き飛ばした。火花が散り、相手の動きが止まった。アキラは敵の懐に入り、短剣を突き刺す。予想だにしない反撃に相手は後退した。アキラは地面を蹴り、更に距離を縮めた。相手の剣閃をかいくぐり、短剣を突き出す。だが届かない。

勝てるだろうか。どうだろう。微妙だ。そう思えるくらいには、差は縮んだ気がする。

能力のおかげか体が軽い。それでも攻撃は空を切る。たぶん実力が低すぎるのだ。だから、そのぶんは命を賭けて補うしかない。アキラは出血を気にせずどんどん前に踏み込んで行った。短剣を弾く。弾く。弾く。火花で視界が明滅する。刃の先が砕けた。まずい。相手が反撃に転じる。だからどうした。心が折れたか？ 馬鹿か。砕けるまで戦えよ。

生きるんだろ。

相手の刃がアキラの顔を捉える。

目をそらすな。短剣を強く握りしめろ。

恐怖を捨てろ。

希望は捨てるな。

もう自分の中に何かあるだなんて思うな。

前に踏み出す。敵の刃がアキラの頬を斬り裂いて通過していく。

勝つことだけを考えろ。

死力を尽くし、刃を縦横無尽に走らせる。

もっとだ、もっと速度をあげろ。

そして殺せ。殺すことだけを考えるのだ。こっちが死ぬ前に相手を殺せ。致命傷を食らおうが、引きずり込んででも殺してやる。最低でも相打ちだ。それが生きている仲間のためになる。少しでも脅威を減らすのだ。だから死んでも殺せ。

相手の短剣がアキラを捉え血飛沫があがったが、そんなの気にしなかった。出血により

鋭さを増した体を使い、文字通り命を散らしながらアキラは相手の息の根を止めに掛かる。

そして相手に刃が届いた瞬間、そのまま押し倒す形で馬乗りになり、短剣を叩きつけた。ノスフェラトゥの悲鳴がする喉を掻っ捌き、右手を突っ込み喉の中から肉という肉を引きちぎる。抵抗する相手の刃がアキラの腹部を深くえぐった。痛みで腕の動きが一瞬止まったが、アキラは口から血を吐きながらも、凄絶な笑みを浮かべ、短剣を振り下ろした。

悶え苦しむ相手の手を押さえ付け、短剣で胸を掻っ捌く。ぐちゃぐちゃになった傷口から血しぶきが飛び散り、アキラは目を閉じなかった。中で動く心臓を握りつぶす。開いた喉から笛のような叫び声が鳴った。その首をズタズタにしてやる。闇の中で光るニザリの眼孔で、鮮明に、相手の急所を突き刺していく。何度も。相手がアキラの足に短剣を突き刺した。だからどうした。そこは致命傷じゃない。

短剣が骨に引っ掛かって抜けない。拳がある。砕けるまで殴った。右手がぐちゃぐちゃになって相手の骨が拳に突き刺さった。

普通の人間なら死んでるはずだが、こいつは生ける屍のノスフェラトゥだ。この期に及んで尚も息があった。這うようにアキラから逃げ出し、足を引きずりながら離れていく。すぐに追いかけ、奴の背中に馬乗りになりながら、何度も短剣を突き刺した。短剣が折れるまで、延々と。動かなくなっても、刺し続けた。

死んだふりをしてるんじゃないか。まだ安心できない。

動かなくなったノスフェラトゥを仰向けにする。

完全に原型を失い、息絶えていた。

アキラは喜ばなかった。

手で返り血を拭う。短剣が折れたので、こいつが持っていた短剣を奪う。右手で握ろうとして剣が握れないくらいに拳が砕けていることに気づいた。

勝ったとは思えなかった。

こんなのは勝利でもなんでもない。ただの人殺しと一緒だ。

嬉しさなんて微塵もない。

相手の所持していた短剣を左手で摑む。

いい装備だ。アキラのなんかより、何倍も。

そういう装備の奴らがくる任務だったんだ。

馬鹿だよ。

全員は、生きてないかもしれない。

でも、一人くらいは、生きてるかもしれない。

誰かと合流して、それからのことは、その時考えよう。

この任務が終わったら、どうするとか。仲間を一から集めて？　そんな気持ちにはなれないと思うけど。

それでも生きて行かないと。

死ぬのは、怖くて辛いことだから。

アキラは立ち上がる。
でも一歩が踏み出せなかった。体が動かない。
今度こそ、ダメかもしれない。
それでも何とか足を前に出し、進んでいく。
阿夜に、もう一度、会いたかった。
ずっと会いたかった。
まだまだ、話したいこともあった。
他の仲間ともさ。
こんな所で終わりたくない。
死にたくないよ。
時間が欲しいんだ。
考える時間をさ。
体が傾き、意識が途切れた。

†

アキラは痛みで目を覚ました。
真っ暗だ。下は地面で、じめじめしてて気持ちが悪い。

腹の傷が悪化している。酷い痛みだった。

「目覚め、ました、ね」

一瞬、恐怖で口がきけなくなった。しかし、その特徴的な見た目から、すぐにその黒く背の高い女が、カイリのパーティにいた死霊術師だと気がつく。

「少し、痛み、ます……」

マリアベルが黒いドレスを腕まくりし、腹の傷に手を突っ込んだ。突っ込んだ？　なにしてんのこの人、いや、やめ――……。

声にならない絶叫。だがそれもすぐ止んだ。痛みで失神したのだ。そして目覚める。グチャ、グチャ、と嫌な音と血飛沫が立っている。暗い崖のくぼみで、アキラは黒いドレスの女に解体されていた。

と思ったがどうも違うらしい。マリアベルが、糸を自分の牙で切った。縫っている？そうか、縫合。何も治癒魔法だけが怪我を治す方法ではない。

「ろうひて……」アキラは口に何か噛まされているらしい。「助へへ、ふれるん、れすか」

「ニザリと、サガンは、旧知です」

「ほう、なんれすか……」

「少し、痛み、ます……」

「がッ……あ、あぁあぁあぁあッ！」

ぎゅるん、と何か器具を入れられた。中の臓物がひっくり返るような感触がして、上の方に持ちあげられる。そこに針を入れられた。縫合。縫合。そして縫合。アキラは口に挟んでいた何かを噛みきった。太い枝だった。そしてまた失神する。

短い周期で気絶と覚醒を繰り返して、アキラは少しずつ、ほんの少しずつ回復していった。マリアベルから血瓶を受け取り、それを飲み干す。体が血を欲していた。そして飲むほどに熱が戻ってくる。意識もはっきりとしてきた。

「エンバーミング、の応用、です。普段は遺体に、します。たまに、人にも、使います」

マリアベルは、片言のような話し方をする。不思議なイントネーションで、どことなく間が抜けた感じの、おっとりとした印象の吸血鬼だった。

全身黒ずくめの、死神のような女性。屍喰のサガンの上級血族。

「傷だらけ、ですが、傷口から、ノスフェラトゥの、血は、入って、ません。運が良かった、です、ね」

それを聞いてアキラは少しほっとした。

「便利ですね、それ……」アキラは縫合箇所を見ながら微笑んだ。「凄いな……ヒーラーがいなくても、治せるのか」

「ニザリの血族も、サガンと、同系統なので、スキルとして、覚えられ、る、はず」

そうなのか。なら帰ったら覚えよう。これは役に立ちそうだ。

「ありがとうございます。本当、助かりました」

そう言って何とか起き上がろうとする。マリアベルが止めようとするが、アキラは無理矢理立ち上がった。正直、死ぬほど痛い。でも、さっきよりはだいぶマシだ。

「傷、開きます」

「でも行かないと……仲間が……」

言って、アキラは気づいた。

「マリアベルさん、実は、カイリさんが……」

すると彼女は微かに苦笑し、頷いた。

知っていたのか。

アキラは、静かに辺りを見回した。どうも倒れた場所と違う気がする。

首をかしげていると、

「ノスフェラトゥに、囲まれた、あなたを、見つけました。一度崖の下へ、避難しました」

なるほどそういうことか。でもこんな崖の中腹にどうやって……。

「あれ……？」アキラは地面に置かれた箱を見つけた。たしかマリアベルが背負っていた棺だ。それが開いている。

「中身は、いま活動中」

何が活動しているのかは聞きたくなかった。

「上に、戻り、たい？」

「できれば。でもどうやって……」

「鬼魅（キビ）ッ！　鬼魅ッ！」マリアベルが突然叫びだした。アキラは恐怖で顔が引きつった。

本当、怖い。なんか常にホラーな感じというか。背もアキラより高いし。

するると崖の上からノスフェラトゥが、ずたずたのノスフェラトゥが降ってきた。

そいつは、ぐしゃり、と遥か下方に衝突し、停止した。誰がやったのだろう。

崖の方を見上げると何かが覗いていた。のそり、と指で崖の縁を摑んで、こちらを見ている。包帯をぐるぐる巻きにされた人型の何かだ。ミイラみたいな？　そいつが壁を蜘蛛のように四つん這いになって降りてくる。着地するとマリアベルの所に、すう、と寄り添って眷属かなにかのように動かなくなった。ちょっと犬っぽい？

「鬼魅、ワタシと、この人を、運ぶのよ」

こくり、と頷いた彼は、彼女かもしれない。とにかく包帯に巻かれた屍らしきソレは、アキラを摑んだ。恐怖で喚き散らすアキラを無視して彼は断崖絶壁の岩壁をよじ登る。怖い怖い。落ちたらどうすんの。いやまずいでしょ。絶対まずいって……。

這々の体で崖の上に仰向けになる。やばいな。恐怖で腰が抜けた。人間の感触だった。あれはやっぱり人だ。続いてマリアベルが優雅に彼におんぶされながらやってきた。なんか少し可愛い。でもグロい。グロ可愛い。

「ありがとう、鬼魅」マリアベルがそう言うと、鬼魅はどこかに行ってしまった。またノスフェラトゥを狩りに行ったようだ。もしかして相当強い？

「君、ノスフェラトゥを、倒す？」

「……はい、仲間を捜さないといけないんで」

「ワタシは、管轄の仕事、あるから、ここまで、です」

「いや、本当、十分過ぎるといいますか、本当、なんてお礼を言ったら……」

「武器、あります、か」

「え？　あ……そうだ、武器……」

　短剣は傭兵ノスフェラトゥの亡骸から拝借した一本しか持っていない。

　するとマリアベルが棺を、ドン、と倒し、中から何かを取り出した。

「あげます」

「えっ……」

「ワタシ、これ、使いません、ワタシ、鎌使い」

「でも、ただって訳には……せめて任務が終わった後にでも」

　見るからに高価なナイフだ。黒い柄に、銀の装飾が彫金されている。装飾の凹凸が良い感じに手に馴染み、握りやすい。刃も、綺麗に研がれている。

「いつか、ワタシ、困った時、助けてください」

「でも俺なんかがマリアベルさんの役に立てるか……」

　そう言おうとして、やめた。こういう時、素直になれないのがアキラの悪い癖だ。

　それに武器がなければ誰も助けられない。

　だから代わりに、アキラは深く頭を下げた。「いつか、必ず」

　マリアベルは夜の薄明かりの中で、微かに笑ったように見えた。夜目が利くアキラでもギリギリ、というくらいに微妙なものだったが、この人はたぶん心根の優しい人だと思う。

「敵」マリアベルが振り返る。

ノスフェラトゥが一体、現れた。

「ここは、ワタシが」

折りたたみ傘を開くように、大鎌が現れた。ばっさりと横に一閃する。ノスフェラトゥの両足が吹き飛んだ。倒れたノスフェラトゥの背中に、鎌をザクっと振り下ろす。

一瞬だ。流れるような所作で的確にノスフェラトゥの急所を突き、息の根を止めた。

マリアベルが合図する。アキラは頭を下げ、駆け出した。

正直、体はボロボロで、全然思うように動かない。

それでもアキラは走る速度を緩めなかった。

だが途中で、見知らぬ傭兵がノスフェラトゥに襲われているのを発見した。

アキラは歯がみして足を止めた。いま戦闘するのはまずい。そうわかっているのに、見捨てられなかった。我ながら馬鹿だとは思う。でも体が勝手に動いていた。無視すれば男は死ぬ。誰かが死ぬ所は、もう見たくなかった。

間に合うか。間に合わないな。なら間に合わせればいい。

アキラは短剣で肌を裂いた。体が軽くなる。ノスフェラトゥと男の間に割り込むようにして、短剣を一閃させた。

ノスフェラトゥの首がはじけ飛び、男が尻餅をついた。

大丈夫ですか、そう言おうとして、

「お前、大丈夫かよ……」

逆に傭兵の男に言われてしまった。

だがアキラは笑うだけで何も答えない。どうも声が出せないのだ。

けほっ、と咳き込むと、手の平に血が溜まった。体がフラつくな。木に寄り掛からないと立っていられない。どうも平衡感覚がつかめない。

今の戦闘でだいぶ限界が近づいたのがわかる。命の炎が明滅するというか。たまに消えてなくなる時があって、その瞬間、アキラは生を手放しそうになる。

歩ける、だろうか。地面を踏む感触が、あまりない。でも歩けないと困る。大丈夫。意識ははっきりしている。まだ、いける。

「お、おい……」傭兵の男がアキラを呼び止める。

「……見た目ほど酷くないんだ」アキラは笑った。「普通に動けてた、でしょ？」

「たしかに、そうだが……」

「仲間を捜してるんだけど、誰か、見なかった？」

「もしかして、あれのことか。少し前に、ホブゴブリンに追われていた女修道士と、武器を持たない女の傭兵がいた」

阿夜とタリサのことか。アキラの目に生気が戻る。

生きていたのか。

だが、思ったよりも状況が逼迫していそうだ。

アキラは自分の体の状態を見る。ボロボロだ。戦えるだろうか。最後まで。

腕を見ると、だいぶ血だらけだった。

これ以上は致死量な気がする。

でもはやく行かないと。そう思うのに体が鈍って、速度が出ない。

能力だけじゃ補塡できないくらいに、体の限界が近づいているのか。

――はやく、二人を助けにいかないと。

アキラはすっと肌に刃を走らせる。

血が滲む。意識が少し薄れた。命が削られ、そのぶん体は軽くなる。この力は、等価交換なのだ。それで言うとアキラはだいぶ軽くなってしまった。もう少しでアキラは無になる。ただ、あと少しだけ待ってほしい。少しの間でいい。二人を助けるまででいいから。

お願いだから。

動きを止めないでほしい。どうか、走り続けてほしい。

わかっている。

自分の体のことは。

たぶん、アキラはもうすぐ死ぬ。

短ければ数分。長くても数十分。出血量からして、そんな所だろう。

どちらにせよ、残された時間は少ない。

ならば――、
なおのこと二人を救おう。
躊躇いはなかった。
まるで切れかけの電球だ。
もう一度、手のひらを切る。
血が流れ、少し体が軽くなる。アキラは駆けだした。

†

阿夜がアキラを突き飛ばし、その腕が炎に包まれた時、

「――救済せよ」

阿夜は歯を食いしばり、焼ける腕に杖を向けた。己に回復呪文を唱え、光を纏わせる。

加速度的に悪化する腕の損傷を、回復呪文で相殺し、拮抗させる。

だが体が炎に飲み込まれた――

その体をタリサが強く引っぱった。

代わりにタリサが炎の方へ投げ出され――……

「どうして……」

炎が消えた森の中、阿夜は、瀕死の重傷を負ったタリサを地面に横たわらせる。

「ヒーラーが無事なら……治癒魔法で、皆を助けられるでしょ……あんたが使い物にならないと、色々困るのよ」

「なによそれ……ふざけないでよ……」

阿夜は魔力の殆どを費やし、タリサを治療し続ける。

だが焼け石に水だった。触ってわかる箇所だけでも相当な熱傷があり、おそらく傷は、体内の臓器にまで達している。

表面を治癒した所で、それは治せない。いまは出血箇所を塞ぐことが最優先だが、阿夜にはその魔力も残っていなかった。だからできることはもう……。

タリサが小さく笑った。

「ごめんね、阿夜」

「え、なに？」

「いままでのこと」

「やめて、いまは聞きたくない」

阿夜は拒絶し、杖を捨てた。

空いた両手を使いタリサを背負う。足で地面を探りながら、ゆっくり前に進み始めた。

「なに、してんの」

「あなたを回復してくれるヒーラーを探すの」

「馬鹿じゃないの。目が見えないあんたが、どうやって前に進むのよ」

「それは、こうやって足で――うあっ」

阿夜が派手に転倒し、タリサも地面を転がった。

「タリサ大丈夫っ⁉　ごめんなさい。痛かったよね？　ほんとごめんなさいわたし……」

「いいから、はやく背負いなさいよ」

「えっ」

「あたしがナビゲートするから。目は無事だし」

「タリサ……」

「ニーナも死んで、あたしも死んだら、流石のあんたも寝覚めが悪いでしょ」

「う、うん……」

阿夜は涙を拭いながら、頷く。

「泣かないの。てか泣きたいのはこっちだから。痛いし辛いし。はやく何とかしてよね」

「わ、わかった」

もう一度、阿夜がタリサを背負う。タリサが片目を開けて耳元で順路を囁く。

囁きながら、

「ありがとね、阿夜」

阿夜は無言でこくりと頷いた。

でも、

「音……？」阿夜が首をかしげた。

阿夜は耳があまり聞こえていない。先ほど炎撃魔法で体を負傷してから、耳が遠くなってしまっていた。また火傷により皮膚の感触も鈍い。なので今は五感の殆どを失っている。

「足音よ」タリサが指摘した。「しかも複数」

「ああ、くそ……」

阿夜が悪態をついた。何とか足を速め、遠ざかろうとする。

だが相手の方が何倍も速かった。

「あんた一人なら……」タリサが言った。タリサは阿夜が捨てたはずの杖を手で握りしめていた。まさか拾っていたのか。それを阿夜に手渡し、微笑んだ。

「ふざけないで」

どうしても投げ出せない重みを背中に感じながら、阿夜は必死に足を引きずり前に進む。

アキラや、ミユキチや他の仲間たちのおかげで、阿夜はここにいる。

皆と出会わなければ、阿夜はここまでこれなかった。タリサともこうやって話をすることもなかっただろう。

死を覚悟していた阿夜にアキラが手を差し伸べ、ミユキチや八尾谷が助けてくれ、タリサが戻ってきてくれた。もう、一人ではない。阿夜には沢山の掛け替えのない仲間ができた。だから――

「タリサ……？」

　返事がない。冷や汗が出た。でも背中に心臓の鼓動を感じる。意識を失っただけか。大丈夫。まだ何とかなる。

「もう少しの辛抱だから」阿夜はタリサに呼びかける。「必ずヒーラーの所に連れて行くから。目は見えないけど……頑張るから。頼りないかもしれないけど、約束は守るから」

　阿夜にも聞こえるくらい足音が大きくなる。

　複数だ。ノスフェラトゥではない。

「ガシュゥ……ッ」

　ゴブリンたちが二人を見つけ、笑みを浮かべた。

　阿夜はタリサを地面に寝かせ、杖を握り攻撃の構えをとった。

「絶対、守るから……」

　ゴブリンが跳躍し、阿夜のローブが引き裂かれた。

「きゃあっ」

　そして剣が差し込まれる。

「うっ……」

　阿夜の腹部に深々とそれが刺さった。皮膚が破け、中の臓物ごと貫かれる。

　だが、阿夜は笑った。

「捕まえた」

　杖のとがった部分を、ゴブリンの心臓部分に突き刺す。

ゴブリンがガクと、阿夜に覆い被さるように倒れる。

阿夜はそこから這い出るようにして、

「ヒール」

微かな燐光(りんこう)が傷口を小さくした。それだけだ。傷の損傷度合は殆ど変わっていない。だがやるとやらないとでは勝率が一パーセントくらいは違う。いまはその確率にすら縋りたい。奇跡でもなんでもいい。ここまできて諦めることなどできない。

腹部を貫いていた剣を拾い上げ、杖を捨てる。

生きるのだ。

絶対に生きてやる。

なのに、剣が風を切る音がした。

速すぎて、どこから攻撃がくるかなんて、わからなかった。

どうすれば……考えろ。なにか、なにか方法が……。

見つからない。万策尽きていた。ダメだ。五感が鈍い。わからない。

阿夜は闇の中で剣を構え、息を止めた。

「穿て……ッ！」

タリサが倒れ込むように、阿夜の杖をゴブリンに突き刺した。

最後の力を振り絞り、タリサは杖を地面に突き立て何とか立ち上がる。荒く肩で呼吸しながら、虚ろな瞳で敵を見据える。

すると後ろに控えていたホブゴブリンが勢いよくタリサを殴り飛ばした。

そしてホブゴブリンは阿夜を殺そうと斧に手を掛け——

後ろに控えていたゴブリンのシャーマンが「ギィイ！」と警戒音を出した。

ホブゴブリンが攻撃を止め、振り返る。

アキラがものすごい速度で、目の前のゴブリンを一体、斬り捨てた。

瞬間、ゴブリンのシャーマンが何かを唱え、冷気を放射した。

凍てつく風がアキラを襲う。アキラは避けられない。全身があっという間に凍結し始め、白い霜に覆われ出した。体温が下がり、意識はおろか、体がどんどん動かなくなる。

その場で氷漬けにされていく。

瞬間、アキラは自分の両腕を深々と斬り裂いた。血が流れ落ちる。

ゴブリンのシャーマンの首が地面に転がっていた。

アキラが着地する。

ゴブリンたちが畏怖の表情を浮かべ、一歩後ずさる。

アキラの眼孔がそいつらを捉えた。

瞬間、ゴブリンたちがわめき散らしながら殺到してきた。

アキラはそれを静かに眺める。アキラの速度からすれば、一体、二体目までは先に斬り伏せることができる。だが三体目の剣を受けきれない。

だからアキラは一体目を殺し、二体目の攻撃を背中で受けた。血飛沫が上がり、鬼気迫る剣閃が、二体目と三体目の首を刎ねた。

しかしそのまま暫く動けなくなった。

立っていることもできず、膝を突いてしまう。

ホブゴブリンが片目を見開き、アキラを見つめていた。

そして、ほう、と唸り、自らの戦斧を抜いた。

暗闇の中、アキラの闇を見通す眼孔が、青白く光る。

それがホブゴブリンの背後にいる阿夜を捉える。

気を失ったタリサを見る。

阿夜。

俺は——

アキラは短剣の刃を胸に抱いた。

痛みが、力に変わり、

——後悔なんて、してないよ。

瞬間、加速する。咆吼し、鍔迫り合う。

壮絶な打ち合いが始まった。

阿夜を助ける。

その他はなにもいらない。

それ以外の全てを捨てて、身を軽くする。

斧がアキラを斬り裂いた。瞬間、目にも止まらぬ速さでアキラの刃がホブゴブリンの体を斬り裂く。

命を削り落として、アキラは風のように舞った。

大丈夫だよ。

最後の一滴まで使って、お前を守るから。

あのときは助けられなかったけど、今度は、大丈夫だから――

斧に弾かれ、突き飛ばされる。

アキラは一度後退し、体勢を立て直す。

苦しかった。全身痛くて、泣きそうなくらいきつくて。この痛みから早く解放されたかった。もう終わりにしたい。苦痛から逃れたくて、アキラは短剣を構える。

次で最後だ。

肩を押さえ、右手で腹部を庇いながら、アキラはホブゴブリンに笑いかけた。

「悪いけど、ここで死んでもらうぞ」

その言葉が伝わったかはわからない。しかしホブゴブリンは嬉しそうに口端を上げた。

これ以上スキルは使えない。

アキラはレザーアーマーや足に付けていたプレートを脱ぎ捨てた。極限まで防御力をそぎ落とし、速度に全てを賭ける。

相手も思ったよりも疲弊している。手傷も負っていた。だが、まだまだ動けそうな感じだ。足取りはしっかりしている。だから油断はするな。
ホブゴブリンがアキラの前で止まる。そして潰れた左目を指差し、ニタリ、と笑った。
やったのは、お前だろ？　そう言いたげな表情だ。
だからなんだよ。アキラも笑った。別に狙って投げたわけじゃないし。でも、片目でも
失っててくれて良かったよ。それくらいのハンデがないと勝ち目なんてなさそうだ。
体勢を低くし、短剣を握り直す。たぶん、今までで一番強い敵だ。それは間違いない。
そしてここには誰も助けにこない。だからこいつはアキラが一人で殺さなくちゃいけない。
マリアベルに貰った短剣は、とても良い武器だ。
さっきのゴブリンを倒しても刃こぼれ一つしてない。武器のおかげで、攻撃力は、少し
上がってる。それでも全然足りない。道具に頼った所で勝てる相手じゃないのはわかって
る。勝利は望むな。だが最低でも同士討ちにまでは持って行け。
ホブゴブリンが斧を一閃させた。アキラは跳躍し、ホブゴブリンの懐へ飛び込んだ。
斧がアキラの体にめり込む。だが深くめり込む前にアキラの体が前に抜けた。血を撒き
散らしながら体を捻り、喉元を狙って短剣を突き出す。横から斧がもの凄いスピードで迫
ってくる。アキラはホブゴブリンの大きな胸に両足を着地させ――蹴り上げた。
空中で一回転しながら後ろへ跳躍する。斧はアキラを捉え切れず、空を切った。相手の
表情が驚愕に染まる。胸を蹴りあげられたことでホブゴブリンは上体が反れ、バランス
を崩した。そんな体勢なのに、執念で斧を振るってきた。

さすがにこれは避けられない。

アキラは両手をクロスして、斧を直に受け止める。ブチ、と肉が潰れる音がした。

痛すぎて死ぬかと思った。でも、斧は止まった。そんな体勢からでは威力は知れてる。

アキラの体はまだ空中にある。視界がスローモーションになった。時間が、止まっているみたいだ。焦るな。冷静になれ。

血だらけの手で短剣を握りしめる。腕はぐちゃぐちゃだが、腱は切れてないみたいだ。

斧を受けた衝撃で、アキラはどんどん後ろへ飛ばされていく。短剣を投げるなら、早いほうが良い。距離が遠くなると狙いにくくなる。

目標は、ホブゴブリンの首。

落下しながら体を回転させ、渾身(こんしん)の力で短剣を、
投擲。

鋭い刃が、ホブゴブリンの喉を貫いた。

アキラは肩から地面に衝突した。

……どうだろう。

ホブゴブリンは死んだか。アキラは生きている。起き上がって、やつが死んだか確認しないと。でも体が動かなかった。ダメだ。ぜんぶ出し切った感がある。

重い足音がした。

まだ生きてるのか。

立ち上がろうとして、できなかった。足に力が入らない。カクン、と崩れてしまう。腕もだめだ。でも、動かないと死んでしまう。斧を引きずる音が近づいてくる。

だめだ、起き上がれない。

斧が振り上げられる。

――誰か助けに来てくれないかな。

そんな人任せなことを思ってしまう。

でも、誰の気配も感じ取れなかった。阿夜もタリサも、動けなそうだ。

ホブゴブリンはまだ余力を残している。遠からず息絶えるだろうが、ここでアキラが止めなければ、二人を殺しに行くだろう。それだけは阻止しなければならない。

ホブゴブリンが、アキラの腹に斧を振り下ろす。

アキラは避けられない。

だがそれを食らえば――

血飛沫があがる。アキラは笑った。

――俺の方が速い。

絶命するまでの刹那の時間、

アキラの短剣がゴブリンの首を斬り裂く。

闇の中で、

「アキ……」

「アキ？」

阿夜が何度も言う。
声が、聞こえない。アキの声がしない。
アキ、どこなの？
わたしは目が見えないから、場所を言ってもらわないと、
あなたの元へはたどり着けない。
タリサは気を失っている。
阿夜も傷を負っており、這うようにしか動けない。出血が酷い。
「ねえ、アキ、返事をして」

呼吸音が聞こえないの。

どうして？

どうして気配を消しているの？　わたしにはそんなことしなくていいのに。

息をする音が、聞こえないの。

耳が遠くなったから、かな。

阿夜は手を伸ばし、辺りを探る。

アキラの気配が、わからない。どうして返事をしてくれないのか、わからない。

ねえ、どこにいるの。

近くにいるんでしょ？

手探りをしていたら、アキラの体に手が当たった。

亡骸のように冷たい。そして全身が血だらけだった。

心臓が、止まっていた。瞬間、阿夜の顔がくしゃり、と歪んだ。

「……嘘……」

阿夜は呻きながら後ずさった。

「な、んで……一緒にいてくれるって、言ったのに……」

アキラに縋り付き、阿夜が悲鳴を上げる。

「魔法が使えないんだってば！　もう残ってないの！　言ったじゃない……もう無いって。なのに、どうして、こんな……アキ……ああ、どうすれば……」

涙がこぼれ落ちる。心臓が動いてないんじゃ、治せない。
阿夜が地面にうずくまる。
こんな終わり方は、嫌だ……。
守ってもらったたって、あなたのいない世界じゃ、生きてたってなんの意味もない。
約束したじゃない。
「ねえ、アキ……お願い、お願いだから、息をして！」
心臓を叩く。
人工呼吸をして、でも、傷が開いた状態じゃ、何の意味もなさなくて。
耳を澄ましても、誰もいない。
誰も来てくれない。
終わりだ。でも終わりたくない。終わりだなんて考えられない。
「ねえ、お願いだから……神様……お願い……」
阿夜の額から血が流れてきた。
阿夜も大概ボロボロで、その血がアキラの傷口に落ちて、シュ、と音を立てた。
そして白い煙があがった。
見えずとも、何かが起きたことだけはわかった。
「なに、これ……」
阿夜は、血の落ちた部分を摩(さす)ってみる。

傷が、なくなっていた。

「聖血の……ブラッドスキル……」

阿夜は、はっとして動きを止めた。

「どうして、わたしなんかに……」

「いまは、それどころじゃないでしょ」

タリサが横に来ていた。

タリサは荒い呼吸を繰り返しながらも、気丈な声で、

「それで傷を治して。心臓マッサージはあたしがやるから」

「……」

「はやく！　あたしはまだ、こいつに借りを返してないの！　ここで死なせるわけにはいかないのよ！　あんたのためにも、あたしのためにも！」

阿夜はまなじりを決して頷いた。そして滴る血をアキラの傷口に落としていく。

二人は懸命に傷を治し、アキラの心臓に酸素を送り続けた。

もうダメかもしれない。何度そう思っても、手を止めなかった。

そして、

――トクン。

微かに、アキラの体が脈打った。

阿夜とタリサは抱き合って、叫び声を上げた。

†

意識が、ある。

まだ生きているのか。


遠くで、誰かの声が聞こえた気がした。

そんなわけないのに。

でもその声はどんどん大きくなってきて、

「ア、アキラくん……っ⁉　チハルさん走って！　アキラくんが——」

「おいおいおい、つか横にいんのホブゴブかよっ⁉」

リョウタと、ミユキチの声だ。

そしてボロボロのアキラに青い光が浴びせられた。少し眩しくて、アキラは薄（うっす）らと半目を開けた。するとチハルの顔が見えた。心配そうに見守るミユキチもいた。

皆がアキラを取り囲んで、何かを言っている。でも意識がはっきりしなくて、上手く聞き取ることができない。

でも、八尾谷の声だけは聞こえなかった。

瞬間、喪失感で胸が押しつぶされそうになった。

何を考えているかよくわからない奴だったし、正直、嫌いなところもあった。それでも八尾谷はアキラと一緒に常闇の任務に参加してくれたし、最後は身を挺してアキラたちを守ってくれた。その恩を、まだ一つも返せていない。そしてもう二度と、返すことはできない。それに気付いた瞬間、涙が止めどなく溢れ出して、嗚咽が漏れた。

八尾谷は死んでしまった。

もう、二度と会えない。

その事実を思い知らされ、胸が潰れそうになった。


「痛えな……くそ」


頭が真っ白になった。

視界の隅で、足を引きずりながら近くの木に寄り掛かる長身の男がいた。

全身血だらけで、武器は所持していない。顔を斬られたのか、片目が閉じられたままだ。

荒い呼吸を繰り返しながら、彼はアキラを見ると、小さく笑みを浮かべた。

「簡単には死なんて、言うたやろが」

そう言って八尾谷は地面に崩れ落ちた。

チハルが悲鳴をあげて八尾谷の方へと駆け寄った。

ミユキチとリョウタは絶句してその場で固まっていた。そして、

「アキ……」

阿夜の声に、思考が引き戻される。

アキラの隣で、倒れ込むようにして微笑んでいる阿夜の姿があった。

阿夜は顔中、擦り傷だらけで、全身、痛々しいほどの傷を負っていた。なのになぜか、とても安堵した表情を浮かべていて、

「よかったぁ……」

そのまま阿夜はへなへな、とへたり込んでしまう。そしてその隣では、同じくらいにボロボロのタリサが、やりきったという顔で仰向けになっていた。

阿夜が、アキラの手をそっと握りしめる。

「生きててくれて、ありがとう」

小さな声でそう呟いた。

アキラはそのまま阿夜と寄り添いながら、しばらく目を閉じていた。

全員、疲労困憊で、一歩も動けなかった。

乗り切ったとは到底言えない、結果だけで言うと大失敗の任務だった。

サダを失い、八尾谷もアキラも、殆ど死にかけで、他の皆も、重傷を負っている。生きているのが不思議なくらいにボロボロだ。

でも、生きている。
タフだよなあ。存外、しぶといというか。本当みんな凄すぎるって。
森が、静かだ。
敵の気配を感じない。
どこもかしこも静寂に包まれていて、穏やかな空気すら漂っていた。
七人はそのまま地面に仰向けになったまま、静かに時が流れるのを待った。
そのうち誰かが笑い出した。たぶんリョウタだ。
次いでチハルとミユキチが笑い始めた。
タリサと八尾谷もそれに気付いたようだ。
阿夜だけが首をかしげているので、アキラは空を見上げ、
「空が、明るくなってきたね……」
そう言うと、八尾谷が「ああ」と頷いた。阿夜が驚いた表情でアキラの方を向く。
任務の終わりを告げるように、朝日が差し始める。
アキラは立ち上がった。
そして万感の思いを込めて、こう言った。
「帰ろう、オスタルに」

あとがき

下宿先の近所には二十四時間営業のスーパーがあり、深夜になると私は、決まってそこへ行き、安くなった惣菜などを買い漁っていた。夏の暑い夜だった。私はいつものようにスーパーへ向かう。玄関を出て、静かな住宅地の、誰もいない道路を歩く。

すると突然、近くで人の気配がして、私は恐怖で動けなくなった。

直前まで足音もしなかったし、視界には誰もいなかった。でも確かに、息づかいが聞こえたのだ。勇気を振り絞って私は、音がした方向を見る。すると誰かが立っていた。女の子だ。小さな女の子が道の隅で、白杖を持って立ち尽くしていた。

こんな夜中に何をしているのだろう。疑問に思った私は、声を掛けようとした。すると前方で、何かが動いた。道の先に、老人が立っていた。

一体、なにが起きているか。白杖を握りしめた少女は、心が折れたような顔をしている。どうやら彼女は、目が見えていないようだ。

そして老人は、音を立てないよう、じっと立ったまま、少女を待ち続けていた。

この通りは、夜になるとまったく車が通らない。

だから二人は、人気(ひとけ)のないこの場所で、歩行練習をしていたのだ。

彼女が本作のヒロイン、阿夜(あや)のモデルとなった少女である。

闇の中を進むことは、苦しく大変なことだ。それが知らない世界ならなおさらである。

それでも阿夜は決して諦めなかった。大切な仲間を守るため最後まで奮闘し、生を勝ち取った。夜の京都で出会った少女のその後を、私は知らない。それでもあのご老人が側にいるなら、必ずや前を向いて生きていけるはずだ。私は諦めない物語が好きなのである。

その風景を思い描きながら、私は物語を綴った。そして阿夜は今、しっかりと異世界を生き抜き、アキラのパーティの一翼を担っている。ほどなく見習いの赤マントも卒業し、そのことを自慢したくて、若干調子に乗ることもあったが、八尾谷に窘められたりしながらも、和気藹々と次の任務へ向かうことだろう。海を渡り、砂漠の国へ。そこでは常闇の任務も真っ青な敵と遭遇するかもしれない。しかしどんな困難も彼女なら乗り越えられるはずだ。

最後に謝辞を。担当編集のK様、辛抱強くお付き合いいただき、本当にありがとうございました。改稿含め、大変お世話になりました。イラストレーターの上埜様、とても素敵なイラスト、ありがとうございます。絵が届くたび喜びで胸がいっぱいになり、とても幸せな時間を過ごすことができました。

また拙作に携わってくださった全ての方々に感謝を申し上げると共に、この長い旅路の果てを見届けてくださった読者の皆様、本当に、ありがとうございます。

それでは、また会える日まで。

火狩けい

異世界で生き抜くためのブラッドスキル

火狩けい

2023年4月28日第1刷発行

発行者	森田浩章
発行所	株式会社　講談社 〒112-8001 東京都文京区音羽2-12-21
電話	出版　(03)5395-3715 販売　(03)5395-3608 業務　(03)5395-3603
デザイン	寺田鷹樹
本文データ制作	講談社デジタル製作
印刷所	株式会社ＫＰＳプロダクツ
製本所	株式会社フォーネット社

KODANSHA

ISBN978-4-06-531841-6　N.D.C.913　327p　15㎝
定価はカバーに表示してあります